El cuerpo expuesto

EL CUERPO EXPUESTO
D. R. © Rosa Beltrán, 2013

ALFAGUARA[MR]

De esta edición:
D. R. © Santillana Ediciones Generales, S.A. de C.V., 2013
Av. Río Mixcoac 274, Col. Acacias
México, 03240, D.F. Teléfono 5420 7530
www.alfaguara.com.mx

La presente obra se publica en colaboración con
Fundación TV Azteca, A.C.
Vereda No. 80, Col. Jardines del Pedregal
C.P. 01900, México, D.F.
www.fundacionazteca.org
Las marcas registradas Fundación TV Azteca, Proyecto 40
y Círculo Editorial Azteca se utilizan bajo licencia de:
TV AZTECA S.A. DE C.V. MEXICO 2013

Primera edición: septiembre de 2013

ISBN: 978-607-11-2854-6

D. R. © Cubierta: Leonel Sagahón

Impreso en México

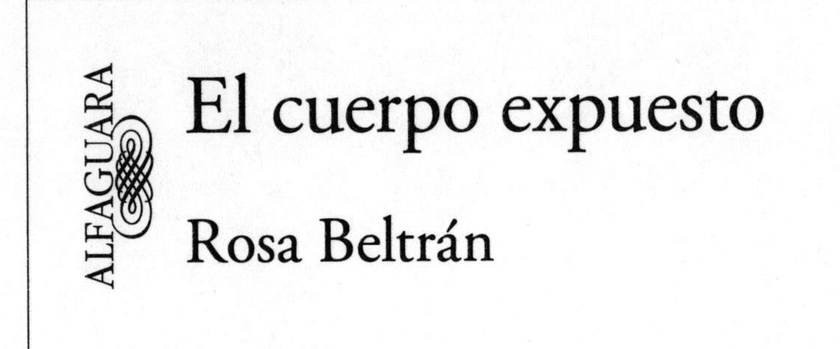

El cuerpo expuesto

Rosa Beltrán

Adaptación

Advertencia

En 2005, Gunther von Hagens, el momificador más importante de la historia actual, dueño de la colección de cuerpos humanos plastinados *Bodies*, fue acusado de hacer uso indebido de cadáveres de homínidos. El artista y científico, que considera su trabajo un aporte al arte y a la medicina, ha dado instrucciones a la comisaria de sus exposiciones, Angelina Whalley, sobre la forma en que será expuesto su cuerpo (dando la bienvenida a los visitantes), hecho que sucederá en breve, dada la grave enfermedad que padece. Ante los ataques de autoridades jurídicas, médicas y de miembros de la iglesia sobre esta exhibición del cuerpo humano, Von Hagens ha declarado: "La vida es sólo una excepción dentro de la normalidad que supone la muerte".

Anatoly Moskvin, historiador ruso de cuarenta y cinco años, considerado el máximo experto en cementerios de la ciudad de Nizhny Novgorod desenterró veintinueve cadáveres de mujeres jóvenes y las vistió con ropas extraídas de las tumbas para su colección. Moskvin fue detenido en su casa cuando la policía acudió para consultarlo sobre la profanación. El historiador, experto en lingüística y hablante de trece lenguas, explicó que extraía los cuerpos y estudiaba sus vidas para descubrir al mundo cada historia personal y evitar que se volvieran "simples muertos".

George Church, reconocido biólogo de Harvard, plantea la posibilidad de que una mujer pueda alquilar su vientre para resucitar al Neanderthal mediante ingeniería genética. Entre los beneficios encuentra que al tener mayor tamaño craneal, estos seres podrían ser más inteligentes que nosotros. "Cuando llegue la hora de enfrentarse a una epidemia, abandonar el planeta o lo que sea, es posible que su forma de pensar nos resulte de ayuda. Quizá podrían incluso crear una nueva cultura neoneanderthal y convertirse en una fuerza política".

El autor de la historia que aquí se narra forma parte de este grupo de coleccionistas.

¿Cómo se han perfeccionado todas estas exquisitas adaptaciones de una parte de la organización a otra o a las condiciones de vida, o de un ser orgánico a otro ser orgánico?

Ch. D.

Uno

Al hombre de los ojos tristes le parece que últimamente el tiempo se adelanta. Es cosa de la edad, piensa. Llega un momento en que todo lo que haga irá con más lentitud y lo único que puede oponer a ese hecho son sus rutinas. Ese día se despierta sin luz, abre los ojos, ¿qué es esto?, podría pensar, pero evita hacerlo, hay cosas peores que esa sensación de estar fraguado en un bloque pétreo. Sin dar tiempo a más se levanta, a las siete, como cada mañana, se pone el abrigo sobre la ropa de dormir, abre el portón que da al sendero y la luz que empieza a colarse entre las ramas de los olmos lo anima un poco. Da su breve paseo matinal. Nunca más de media hora, nunca menos. De regreso a Downe House, abre el buzón. Ha hecho lo mismo por años y en cada ocasión le ha reconfortado hallar las cartas de los amigos o incluso no encontrar nada. Ese día, en cambio, descubre el paquete. Amarillento y maltrecho, no oculta que ha viajado de barco en barco por cuatro meses, como un náufrago. Por un instante, se aferra a la idea de que pueda ser algo familiar. Pero el remitente y los sellos no dejan lugar a dudas, el sobre viene de Indonesia y lo envía el naturalista Alfred Russel Wallace. Además de una carta, hay un manuscrito. Lo sopesa. Puede ser una descripción entomológica o herbolaria que contribuya a completar su estudio. Ya lo sabrá después, cuando se siente a trabajar; por ahora deja el sobre a un lado y se dispone a concluir sus rituales matutinos.

Tiene cuarenta y nueve años, tiene un pésimo estado de salud y no obstante se sobrepone. Se dirige al fondo del jardín y hace sus abluciones de agua helada en la ducha exterior construida en su casa, como suele hacerlo desde que comprobó que estas prácticas en algo alivian su mal, aunque no logren erradicarlo. Nadie, ni siquiera él, tiene una certeza sobre la enfermedad que sufre, pero los síntomas descritos en su diario no dejan duda alguna, está enfermo. El médico le pregunta qué siente y él responde: odio las visitas. Dice que no es capaz de tolerar mucha conversación porque le produce vómitos y fatiga extrema. Dice que cuando tiene que hablar ante la sociedad científica le dan temblores en todo el cuerpo. Si alguien solicita tratar algún asunto de un modo que no sea por carta se marea y siente vértigo. Explica que no sabe por qué. Pero eso no es lo peor, susurra. Lo peor son las palpitaciones, el dolor de pecho y los problemas en el estómago. Así que se incapacita en la cama por días. Lo ha hecho durante casi toda su vida matrimonial.

Cualquiera diría que un matrimonio largo y diez hijos son suficiente razón para provocar arcadas y no levantarse más de la cama. Él no piensa así. Tampoco puede asociar la debilidad con el hecho de haber recibido el paquete de Wallace y haber leído el manuscrito del joven naturalista con quien ha mantenido larga correspondencia. Pero tras la lectura han vuelto las arcadas y se ha pasado haciendo esfuerzos por no vomitar. Antes creyó que ese día no iba a necesitar someterse a las sesiones de sudoración ayudado por la lámpara de alcohol que le acercan en cuanto se levanta. Y que no tendría que meterse en la bañera de agua fría ni darse friegas con las toallas heladas que le acerca Parslow, su mayordomo, quien lo ayudó a construir la caseta para duchas con una cisterna elevada que se puede llenar desde el pozo, y quien le pone en el vientre los paños helados que se deja todo el día mientras trabaja. Pero ha leído el escrito y es un hecho: se siente muy mal. ¿Qué me estará pasando?, podría pensar, pero no lo hace. Eso sí: teme que la fiebre vuelva de un momento a otro y tenga que postrarse en la cama al lado de su viejo compañero, el orinal.

De reojo, mira el paquete. El ensayo en cuestión es una propuesta sobre el origen de las especies bastante similar a la suya. En pocas palabras: Wallace ha llegado a la misma conclusión. No es esa la causa de su decaimiento, se dice, porque, vamos a ver: puede engañar a su colega; el correo no es siempre puntual y los paquetes se pierden. Puede negarse a remitir el ensayo a Charles Lyell, su maestro y mentor, como le estaba pidiendo Wallace que hiciera. Sólo que no hará ni una ni otra cosa porque es un hombre honorable y porque de nada le valdría ocultar ahora lo que de cualquier modo se sabría. Y sobre todo, no lo hará, y esta es la razón más válida para un acucioso observador de la naturaleza empezando por la suya, porque con eso no se sentiría mejor: las náuseas repentinas lo persiguen y lo atormentaban ya antes de abordar el Beagle e irse a su famoso viaje a las Galápagos.

Ha gastado grandes sumas para conocer las causas de su misterioso mal. Y aunque habrá, como ese doctor, quienes digan que el daño empezó en el momento en que recibió el paquete, si en algo contribuye la opinión de los expertos, él hará constar que ya tenía antecedentes de sudoración, vómito y debilidad con los más connotados médicos, todos de distintas disciplinas y todos aduciendo siempre razones diversas:

Para la mayoría se trata de un hipocondríaco.

El doctor James Gully, quien desde el condado de Worcestershire diagnosticó un caso de ameritar, aunque no especificó un caso de qué, recetó la cura de aguas, aduciendo que proponía el agua fresca para el alivio de todo mal.

El doctor William Brinton recetó comer cal a puños.

El doctor F. Mac Nalty diagnosticó dispepsia y angina de pecho y el erudito doctor Norman Moore dijo que no tenía angina, sólo debilidad.

Los psicoanalistas consideran que los síntomas responden a la ira reprimida contra su padre, Robert Darwin, que siendo médico, pertenece a esa abominable estirpe de quienes no lo han podido curar.

Es decir: todos coinciden en que está enfermo aunque ninguno dé con el remedio.

Ese día, el hombre desayuna tostadas con caldo. Después de volver el estómago varias veces, decide enviar a Lyell el paquete de Wallace sin decir que lo ha recibido con un malestar no distinto de aquel con que a menudo suele recibir cualquier cosa y, en cambio, ocho días después, Lyell recibe el informe de Darwin con espanto. No quiere permitir que el viajero del Beagle se quede sin la gloria de haberse adelantado veinte años a la conclusión que tiene frente a sí por culpa de su minuciosidad.

—El problema de tus hábitos —le dijo alguna vez— es que llevas el coleccionismo al extremo. Cualquiera diría que más que especies coleccionas momentos. *Lapsos*: criaturas que no volverán a ser.

—¡Exacto! —rio el viajero del Beagle ante el descubrimiento del nuevo espécimen—. Nada permanece inmutable, aunque las variaciones ocurren sólo si alguien es capaz de verlas.

—Pero ¿y el tiempo? —añadió por último Lyell o quizá sólo lo pensó—. ¿Cómo afecta al trabajo de un hombre el paso del tiempo?

Días después, su mujer lo llama.

El hombre de los ojos tristes observa el pecho de su hija Etty, que sube y baja al toser. Se llama difteria, diagnostica el doctor, es una enfermedad temible y está alcanzando proporciones de epidemia en Gran Bretaña. Hay otra enfermedad en la zona, también. Han muerto ya tres niños, y se espera que el brote se lleve a muchos más. Se llama escarlatina.

El 23 de junio, cuando la enfermedad alcanza al pequeño Charles, su último hijo, el hombre de los ojos tristes reconoce su derrota. El tiempo ha comenzado a devorarlo; tal vez lo ha devorado ya. Ese último año corrió tan deprisa que el pequeño Charles, de diecinueve meses, no pudo caminar ni hablar.

—Pero hay que sentirse agradecidos —aconseja a su mujer y a sus hijos.

Cuando ellos le preguntan por qué, el hombre les recuerda los agradables ruiditos que el niño hacía de contento y la elegancia con la que gateaba desnudo por el suelo. Entonces se pone a cuatro patas en el piso y lo imita, con toda seriedad.

Durante las siguientes semanas, se levanta a las siete, da su breve paseo matinal, recibe duchas heladas, vomita.

Una mañana cualquiera, sin que haya una causa especial, escribe por fin a su colega John Hooker explicándole por qué fue una bendición ver cómo la inocente carita de Charles Waring recobraba su dulce expresión en el sueño de la muerte. Y no se vuelve a referir al envío del paquete. Al ser informado sobre la carta que Hooker acaba de recibir, Lyell sabe que su alumno dilecto se recuperará. Hooker, en cambio, tiene la certeza de que haber llegado en segundo término a la conclusión de Wallace es, para Darwin, el final.

—Lo perdió la minucia —dice Hooker a Lyell.

Pero Lyell no le da la razón. Ahora comprende que un defecto así puede obrar milagros en la ciencia.

Esa minuciosidad, tan desesperante, dice, es también, en cierta forma, la que hace de aquel alumno con quien él tiene una relación de amor-odio, un inadaptado y un genio. ¿O no es la que lo indujo a recolectar fósiles en el Beagle a fin de clasificarlos mientras sus compañeros de viaje se dedicaban al trazado de las costas y a realizar una cadena de medidas cronométricas alrededor del mundo? ¿No fue esa tozudez la que lo llevó a introducir a cubierta una serie inacabable de plantas tropicales, insectos, conchas y rocas que le tenían al capitán FitzRoy convertido el barco en bodega, y la que lo hizo empeñarse en introducir el fósil gigante de un gliptodonte a riesgo de que zozobrara la embarcación? ¿Y no era esa minuciosidad rayana en manía la que lo llevó a dirimir con el devoto FitzRoy hasta el último argumento a favor de su agnosticismo y la demostración palpable de la imposibilidad de los milagros, situación que hizo al capitán dudar de su interlocutor primero; considerarlo irritante más tarde y odiarlo al final?

FitzRoy, convencido seguidor de las teorías fisiognómicas del sacerdote suizo Johann Caspar Lavater, se negó en principio a aceptar en su embarcación al joven naturalista a causa de su nariz. No revelaba energía y determinación. Las narices romanas o aquilinas revelan vigor y fuerza de voluntad; las griegas, sensibilidad y tendencia mística, cuando menos. Pero la nariz chata, además de mezquindad y desfachatez, revela un carácter endeble. Ahora, FitzRoy se arrepentía de haber leído a Lavater, de haber embarcado al necio y de no haber arrojado por la borda todos los trastos que reunió.

Pero había sido esa minuciosidad, también, la que llevó a Darwin a leerlo a él, Charles Lyell, con un grado de atención microscópica, decantando cada argumento, y a apoyar sus teorías como nadie lo había hecho ni lo haría, dijo.

De ahí (de ese gusto por la repetición y la minucia) venía el impulso que lo hacía levantarse a la misma hora, todos los días, sin necesidad de reloj; registrar en su cuaderno cada penique que gastaba; detallar las primeras palabras y cuanta expresión surgiera de sus hijos y concluir sin prisa ni fanfarrias el estudio de los cirrípedos que le llevó ocho años. "Odio a los percebes como ningún otro hombre los haya podido odiar antes", escribió al poner el punto final. Y sólo Lyell fue capaz de comprenderlo y conmoverse ante esta declaración.

Sabía que Darwin trabajaba sin descanso en su "gran libro" sobre las especies. Y que organizar su enorme pila de notas, observar y experimentar con cada espécimen obtenido, comparar fósiles iguales sólo al ojo del neófito o el distraído, consumía más tiempo del que cabía en el reloj. No creía en los rumores que decían que Darwin mantenía su teoría en secreto por temor a sus colegas, es decir: que ésa era la verdadera razón. Habría quienes tomaran como prueba de su miedo la cita a una carta a Hooker donde afirmaba: "las especies no son (es como confesar un asesinato) inmutables". Y aunque él no estaba de acuerdo con esta idea, instó a Hooker a exponer de inmediato un trabajo donde constara que desde 1844 Charles Darwin había llegado a la misma conclusión de su corresponsal.

Hooker accedió a hacerlo.

Así que a petición de Lyell, los trabajos de Darwin y Wallace se leyeron juntos en una reunión de la Linnean Society de Londres. Ambos recibieron aplausos. Las obras se editaron como un caso sin precedente sobre la teoría de la evolución por selección natural. No tuvieron el impacto esperado. De hecho, no tuvieron impacto alguno.

¿Quién de nosotros hubiera podido prever, luego de semejante inicio, una reacción tal que cambiaría el rumbo de la historia? ¿Quién habría dicho que la teoría de la evolución transformaría para siempre y de modo radical la manera en que nos contemplamos frente al cosmos? Nadie, sentado en la sala donde se expuso un resumen del estudio de Darwin, hubiera podido calcular ese desenlace, lo mismo que nadie habría sido capaz de imaginar las formas de manipulación que nos han llevado a cambiar lo que somos, o lo que éramos, hasta hace apenas poco más de doscientos años. Ya no nos parecemos. Los cuerpos que vemos desfilar ante nuestros ojos son cuerpos que no existieron nunca antes en la historia, lo mismo que las mentes, huéspedes exclusivas de mundos virtuales. No obstante, hay quienes ponen en tela de juicio las teorías darwinianas y dudan de que éstas hayan sido el punto de partida de lo que nos condujo hasta aquí. A esas personas debo el hallarme en este lugar, frente a ustedes, preso y obligado a exponer las causas de mi defensa. Un prodigio inútil, pues no importa cuán convincente sea. Si logro demostrar que soy inocente no regresaré a mi antiguo trabajo ni podré seguir con mis investigaciones. Tampoco se me devolverá el derecho a tener una voz que acompañe al triste y al inadaptado por la radio, como solía hacer desde mi programa, en las noches. Mi casa no será ya un refugio de jóvenes en quienes la crueldad de la industria alimentaria y la manipulación de la mente producida por los medios no ha hecho estragos aún. Se me acusa de felonía en primer grado y secuestro de menores; de abuso sexual forzado, perversión instintiva, crímenes contra la naturaleza, incitación y encubrimiento. En mi expediente se habla de disturbios sexuales (narcisismo, exhibicionismo, sadismo y efebofilia) al mismo tiempo que de disfunción sexual y coitofobia, lo que aun para el menos dotado es una contradicción. No apelaré; no creo en la clemencia ni aspiro a una sentencia en grado de suplicación. Es difícil probar que quienes han cometido estos crímenes son justo quienes me acusan. Más aun demostrar que mi culpabilidad es su única forma de sobrevivir pues son ellos (es decir, ustedes) quienes se han adaptado al medio de forma perversa. Sin embargo presento este escrito en la esperanza de que alguien (un solo espécimen es suficiente) escuche con atención y con la inteligencia abierta y se vea obligado a continuar mi trabajo y detener esta maquinaria absurda que obliga a la especie a sobrevivir en las peores condiciones.

Lo primero que tengo que decir es que llegar a la teoría de la supervivencia del más adecuado no fue tarea fácil para Darwin. Tampoco es fácil para mí comprobar su validez. Afirmar que la idea se sostiene por sí misma es algo espinoso porque ¿quién es el más adecuado? y, sobre todo, ¿para qué? La fatalidad vista en términos de siglos es una ilusión. Prever que un organismo sobrevivirá a través de las generaciones es labor que requiere de un lapso mayor a la existencia humana y por tanto es un análisis que sólo puede hacerse en retrospectiva. Aun así, es bastante dudoso que aquello que está vivo hoy y lo ha estado por una cantidad considerable de tiempo siga perpetuándose en generaciones sucesivas para siempre. Pensemos en el propio Darwin, por ejemplo. La presentación de su estudio, que al principio no tuvo consecuencias, se volvió la piedra ancilar sobre la que se apoyarían los dos siglos siguientes. Como un organismo vivo, inoculó todos los campos del saber y cambió el pensamiento científico a tal grado que no hay disciplina ni conducta humana que no lo refleje. Por lo que a mí respecta, estoy rodeado de homínidos que comprueban cuán ciertos son todos y cada uno de los postulados que aparecen en esa obra magistral, *El origen de las especies*, y cómo no es necesario ser cirrípedo para ilustrar aquí y ahora lo viva que está en nosotros dicha teoría. Por ello, he ido reuniendo un número considerable de ejemplos que presento a fin de apoyar mi defensa. Lo que hago es completar el trabajo de Darwin; demostrar lo que él no pudo por falta de tiempo. Y por vivir aislado, también. Oculto en su hogar en Downe House, en Kent, en medio de un bosque, a kilómetros del mundo y sin acceso a la comunicación de que yo dispongo no pudo observar la enorme variedad de individuos que he tenido ocasión de estudiar. Gracias a mi curiosidad y, no voy a negarlo, a mi pluma, he logrado aislar un número considerable de ejemplos y transformarlos en *casos típicos*. Adaptar *El origen de las especies* a la variedad *Homo sapiens*. Reescribir las historias de quienes llamaron a mi programa para presentarlas como radioteatros, a fin de que puedan captar mejor su sentido. Confío plenamente en que los casos que anexo sean suficientes para demostrar que es absurdo lo que sostienen mis adversarios. Ni somos producto de la sucesiva orgía de incestos sin límite organizada por el Creador ni somos la materialización del hálito divino. Tampoco, en el proceso evolutivo, nos acercamos a la perfección. Más bien al contrario. Hemos empezado a involucionar. La civilización se acerca a la barbarie, porque los ejemplares más susceptibles de adaptarse al medio no fueron los "adecuados" en el sentido en que todos lo quisimos creer, incluido el propio Darwin. Somos la prueba fehaciente de la autoindulgencia. La depredación de la propia especie, la doble moral, los excesos de todo tipo y la fascinación por la violencia son la marca de lo que nos caracteriza. Sé que me será difícil probar esto en mi situación, porque además de los motivos aducidos, se me enjuicia por ser un inadaptado y por tanto, un ser inferior. Incapaz de juicio. Pero veamos: ¿puede un ser inadaptado para un momento histórico ser el portavoz del mundo por venir? ¿Fue el propio Darwin, de entre los miembros de su especie, en realidad, el más apto? ¿O siendo el menos adecuado tuvo una oportunidad, la única que pido, para demostrar que el origen de nuestra repulsión a vernos como *una especie más,* la especie imbécil que se autodepreda, está en la imposibilidad de explicar dicha depredación espectacular y mayúscula?

Si las variaciones útiles a un ser orgánico ocurren alguna vez, los individuos caracterizados de este modo tendrán seguramente las mayores probabilidades de conservarse en la lucha por la vida. A este principio de conservación o supervivencia de los más adecuados lo he llamado selección natural. *Conduce este principio al perfeccionamiento de cada ser en relación con sus condiciones de vida y, por consiguiente, en la mayor parte de los casos, a lo que puede ser considerado como un progreso en la organización.*

Ch. D.

Caso uno
Supervivencia del más adecuado

Desde que cumplí setenta años, entreno a mi mujer todas las mañanas a fin de que, llegado el caso, pueda asistirse en su viudez. Se podría pensar que es prematuro, pero las estadísticas me confirman que mis previsiones tienen un fundamento: los hombres nos vamos antes. ¿Y alguien se ha detenido a pensar en las penalidades de la viuda cuando sus facultades menguan? La historia de la viuda alegre pertenece al cine y la literatura. En la realidad, las viudas se quedan ciegas, sordas, cojas, etcétera. Una vez se supo del caso de una viuda amnésica que se empeñaba en cobrar su pensión a nombre de otra y pasó años sin conseguirlo. Mi mujer, cuando oye estas historias, se aterra. Por eso he decidido entrenarla en el arte del deterioro. Lo ideal sería ir de la cabeza a los pies, le digo, y la alecciono sobre las ventajas de ir siguiendo una lógica. A ver, pensemos. ¿Cuáles son los verdaderos problemas de las viudas? Las tuertas, por ejemplo. Apenas si logran que alguien repare en ellas. En general no las atienden, las mandan a otras ventanillas. Podrían despertar mayor interés si se decidieran por la solución radical: o los dos ojos o ninguno. Optaremos por los dos. Mi mujer se agita. Tranquila, le aclaro, para eso está la profilaxis. Le pongo un paño grueso en los ojos y le digo: adelante, ten ánimo. Más vale empezar a tiempo. Lo primero es caminar por el cuarto sin que te tropieces. Ella da dos pasos y tira la lámpara de pie. ¡Es que nunca antes he sido ciega!, se disculpa. Yo discrepo. Para ser ciega eres pésima, le digo. No usas las yemas de los dedos ni adelantas un pie. No comprendes que la esencia del desplazamiento del ciego es huir del obstáculo. ¿Qué tal si me tiras encima la jarra de té caliente? ¡Pero si tú ya no estarás!, responde. Muy bien, no estaré, pero ¿y quién me garantiza que no te arrojarás por la ventana? Los ciegos palpan, tantean, abren bien los dedos tratando de emerger de las aguas profundas de esa otra falta de memoria que es la ceguera. En cambio tú te confías mucho. Crees que todo es cosa de improvisar. Ella busca una salida. Dice que sabrá si corre peligro gracias al oído, que tiene mucho más fino que yo. Bueno, intentemos por ahí, le digo, no sea que te quedes sorda. Después de ponerle tapones, le ato unas cuerdas en los dedos anular y medio de las que tiraré cada vez que alguien llame a la puerta. Pienso adaptarle un artefacto que cumpla esta función cuando yo no esté. Tomé esta medida porque antes probamos con un foco que encendía al accionar el timbre pero tardó horas en darse cuenta. Cuando se lo hice ver, dijo que la razón era que se confundía: no sabía si en ese momento era ciega o sorda. Tras varios intentos, decidí atarle cuerdas por todo el cuerpo: en una pierna, para avisar que algo ardía en la lumbre, en los brazos, para indicarle que alguien venía subiendo por la escalera. Con todo, fue mejor ciega que sorda. Le expliqué que si alguien se metiera a asaltarla no tendría forma de defenderse. Aumenté el grado de dificultad con una mordaza que le impedía gritar, pero ella tuvo otra idea. Los pies, querido, dijo. Pienso que ese sería mi verdadero Waterloo. ¿Cómo iría a cobrar la pensión si no pudiera moverme? No pude más que sonreír. Ya se ve la clase de viuda que serás. Inválida, pero avarienta. Procedimos. Ella dobló una pierna y sujetándola por detrás con una mano me dijo: Mira, podría caminar así, a saltitos. Le expliqué que las cojas tienen problemas mucho peores que moverse o no moverse. De hecho, tienen mayores problemas que las tuertas. Un cojo está condenado a la soledad, expliqué. Jamás verás cojos en compañía de otros cojos. No son como los ciegos, que suelen andar en fila india, como un ejército desorientado pero solidario. Hay escuelas para ciegos, tours de ciegos, pero ¿has visto excursiones de cojos? Tuvo que admitir que no. Un cojo no es sólo un cojo, es una fórmula compensatoria que va más allá del pie: un cojo siempre está cojo de la compañía de otro. Un paralítico, en cambio, es el centro de atención. Piensa y verás: no hay quien se niegue a empujar una silla de ruedas, aunque lo haga de mal modo. A regañadientes se hincó. Trató de avanzar de este modo pero el sobrepeso y las pantorrillas le estorbaban. ¡Es que no puedo!, dijo. Volví a sonreír. Ya verás que sin mí la vida no es tan sencilla como parece. Y aún nos queda la parálisis, añadí. La conduje al lecho y la até de pies y manos. Acostada en la cama sin poder desplazarse ¿qué podría hacer? Podrías recordarme, sugerí. Me respondió: para qué. Para matar el tiempo, por ejemplo. Si lo único que tendría sería el tiempo ¿para qué querría matarlo?, dijo. Las viudas tienen una lógica implacable. Había que prepararla para cuando la perdiera. A ver, haz de cuenta que no soy el que tú crees, ¿quién soy?, pregunté. Eres ¡un visitante! No. Eres ¡un asaltante! No. Eres… ¡el perro! Cuando se cansó, dijo: tú lo que quieres es volverme loca. Está bien, admití, dejemos este ejercicio. No conocerás esta herramienta. ¡No, por favor!, suplicó, continuemos, te lo ruego.

Los locos son convincentes hasta ese grado en que, aun rebelándonos, acaban por tener la razón.

Cuando el caso de los esposos H fue transmitido en mi programa de radio "La verdad oculta sobre nuestra especie", emisión que conducía antes de estar aquí, la reacción del público no se hizo esperar. ¿Era el ejemplo de un macho alfa que tortura a la hembra vieja o el de una víctima encubierta? Nadie reparó en el perfecto mecanismo de adaptación de la pareja. Eso sí: la audiencia se mostró enternecida. A la mayoría le parece conmovedor que los miembros de una pareja de homínidos lleguen juntos hasta muy avanzada edad. Llaman a esto "la felicidad de la vida". Hablan del amor conyugal y otras tonterías. Firman un papel y se obligan a compartir los peores momentos hasta el último estertor. Las razones que los hacen caer en esta aberrante situación son sin embargo absurdas. Se necesitan mutuamente para poder oír ciertas canciones (boleros, por ejemplo) o para soñar con experiencias que nunca vivirían, como caminar tomados de la mano por la playa en un atardecer. Para creerse su cuentecito del amor en pareja. Luego, se apoyan en científicos deshonestos que afirman con gran desparpajo que los humanos son monógamos y se comparan con los pingüinos o con las cigüeñas. A todos ellos les digo: ya quisieran. Ya quisieran tener al menos la elegancia o la dignidad de esas especies. Ni los *Aptenodytes forsteri* ni las *Ciconias ciconia* van echándose pullas o están pensando en herencias. El pingüino emperador, que no es monógamo como dicen los ignorantes, recorre quinientos kilómetros en busca de comida y pasa estoico el invierno durante más de sesenta y cinco días empollando el huevo de su momentánea pareja. Luego de la eclosión, ayuna ciento quince días, esperando paciente, y si ella se acerca, él se acurruca y soporta las bajas temperaturas sin echarle la culpa. En el caso del perico (*Psittacus erithacus*) la lealtad es aún mayor, casi faraónica. No hay necesidad de notarios ni preparativos para la muerte. Cada ave, en vida, se ocupa de sus asuntos y cuando uno de los dos muere, muere la pareja. Al que le toque irse de acompañante se va con la mayor discreción posible. *Capri, c'est fini.* A eso llamo yo dignidad y estilo.

Entre los humanos, en cambio, los esposos (que es como estos esclavos se llaman a sí mismos, lo que está muy bien, porque están esposados, cual presos) viven destruyéndose por lo bajo, gritándose, exhibiendo sus mutuas mezquindades en público. Discutiendo por días; aventándose a la cara el café. Algo que nunca he visto hacer a los pingüinos. Pero qué le vamos a hacer. Que sobreviva el más apto a la tortura.

Claro que no fue muy bien recibida mi opinión aquel día. Durante el resto del tiempo que duró el programa el teléfono no dejó de sonar. Que si detestaba a mi propia especie, preguntaban, que si no conocía el amor. Por supuesto, acudí a *El origen de las especies*, mi vademécum particular. Señoras y señores, dije, no comparto sus gustos. Pero como he dicho tantas veces, yo soy la excepción a la regla. Darwin los compadecería, aunque él mismo, en vida, no pudo renunciar al matrimonio. Lo siento por él. Su comportamiento fue un vivo ejemplo de adaptación, como demostraré en este escrito.

La especie homínida ha vivido así por siglos, aunque no tantos como ustedes creen. La familia es un invento moderno:

unos trescientos años, trescientos cincuenta a lo más. El matrimonio era cosa de reyes antes de volverse derecho legal de las masas: había que asegurar la pertenencia de la progenie. Sin embargo, la pareja data de la prehistoria. Y se empecina en permanecer, valiéndose de mecanismos parecidos a los expuestos aquí, hasta el final. Pero sus miembros no tienen la culpa. Ya lo ha dicho el padre del naturalismo: las especies no se adaptan en provecho propio y cada organismo tiene capacidades distintas para sobrevivir al medio natural.

De manera que casos como el aquí se ha expuesto —y agradezco a la pareja H su valentía y honradez al permitirme ventilar sus asuntos al aire, durante la transmisión— son una muestra de cómo los postulados del sabio cuya imagen debiera estar en sus cabeceras en lugar de un ensangrentado en la cruz (como si fuera posible vivir así) son válidos hasta el día de hoy. Y por ser irrefutables es que podemos describir el proceso de autoaniquilación humana sin omitir detalle. Lo haremos (lo haré yo, está claro, pero estoy usando el *nos* mayestático) de forma pormenorizada, yendo de lo simple a lo complejo y de lo más tradicional a las formas de aniquilación más novedosas. Y hablaré de las instituciones y servicios que han contribuido a esta noble causa de terminar con el *Homo sapiens* que de *sapiens* no tiene nada, aunque todavía haya quienes duden de la validez de los principios darwinistas. Y todo por la siguiente razón: Un fantasma sobrevuela el mundo. Es el Creacionismo. Y la sacrosanta idea de la familia cristiana. He ahí la causa de que se defienda la idea de vivir la tortura compartida en pareja, se la valide frente a un señor vestido de sotana y se incite a procrear a quienes la padecen. A poblar el mundo de locos como ellos que se encontrarán a otros locos por internet y se pondrán a engordar juntos. He aquí mi mensaje para ellos: Defensores de la familia, uníos. Empapaos en gasolina, encendeos fuego y desapareced. Hacedle este favor a vuestra progenie, y de paso a la especie.

Las razones de Darwin fueron muy distintas. Sin una familia no hubiera podido trabajar. Padecía de múltiples achaques. Y de depresión. Lo suyo fue un acto instintivo, como demostraré enseguida.

Ahora bien: ¿cómo llegó el padre del naturalismo a concretar la teoría y la práctica de la sobrevivencia del más adecuado y con base en qué? Sus detractores dicen que la idea ni siquiera es de él, sino de Spencer. Y que llegó a ella muchos años después. Como sea, existe la famosa carta del genio con matasellos del 11 de enero de 1844, en la que dice a Hooker que desde su regreso de las Galápagos a Londres ha pasado los días en un trabajo que parecería producto de la necedad. Ponderando los patrones de la distribución vegetal y animal. Reuniendo los datos para comprobar si las especies eran inmutables o no. "Cuando menos he podido atisbar algo de luz", escribió a Hooker. "Las especies no son (es como confesar un asesinato) inmutables". Y aclaró algo que pocos están dispuestos a sostener. Que nada tenía que ver esto con las boberías de Lamarck de las jirafas entendidas estirando el cuello generación tras generación para llegar a las copas de los árboles y alcanzar las hojas más verdes. "Que el cielo me guarde de tonterías lamarckianas sobre una tendencia a la progresión", dijo. Qué progresión ni qué nada. Si a algo tendemos los bípedos implumes es a ir para atrás, eso está clarísimo.

Que el gran sabio había leído a Malthus es algo que no se puede negar. Y había decidido que los cambios no ocurrían por una adaptación causada por el mero deseo prolongado de un animal de transmutar. Se debían a la falta de espacio y de alimento. Pues bien: he aquí mi conjetura inicial. Las parejas de hoy tienen alimentos de sobra. En cuanto a la falta de espacio, es su decisión. Quieren vivir juntitos. En su nidito de amor. Con su pan se coman las migajas de procurarse ese infierno. Yo probaré las tesis de *El origen de las especies* aplicadas al homínido, una a una, y demostraré cómo es la biología la que los trajo hasta aquí y no sus vanas razones. Cuento con una amplísima muestra. No en balde transcribí los ejemplos más representativos de mis radioescuchas, de quienes acudieron a mis cursillos o de los que accedieron en toda libertad a ser parte de mi experimento por internet. Muestras humanas, para inmortalizar al genio de la especie que —sin hacerlo expresamente—la definió.

Dos

El niño de ojos tristes no muestra la concentración y voluntad de sus hermanos mayores. Sus biógrafos dicen que su padre quiso que fuera médico como él, para asegurar esa dinastía encargada de prolongar la vida y ayudar a la naturaleza a perpetuar la especie. Pero observar al hijo durante sus primeros años basta para alimentar el desaliento y sacar una conclusión: tartamudea. Pronuncia mal algunas palabras, las suficientes como para que no se le entienda. Su madre, que tiene inventiva, trata de animarlo a que se exprese de otra forma. Le acerca una hoja de papel y lápices de colores. El niño de ojos tristes mira fijo a su madre y le sonríe. Toma el color azul y lo acerca al rostro materno. ¡Me vas a sacar un ojo!, grita ella, que además de carácter tiene mal carácter. Y un dolor continuo en la boca del estómago. Pero hace un esfuerzo más. Trata de enseñarle la pronunciación correcta del verbo "estudiar", muy importante si el hijo tiene que partir a buscarse la vida. Pero el niño muestra escasa aptitud para los idiomas, el suyo incluido.

¿Qué hacer?

Comunicarse a señas. Es una opción. Pero es que además de señalar los objetos que quiere, éstos son rarísimos. Quiere una lombriz. Le da risa que se le pare en la frente una mosca. Come tierra. Dejémoslo crecer, dice la madre, ya mejorará. Pero no; los niños con el tiempo no mejoran. Sólo crecen. Y en efecto, éste sigue creciendo mientras que su madre ha muerto. No hay remedio ya, dice alguien del servicio, y estando en un internado, menos. Eso es una opinión; veamos qué pasa. Dejémoslo en paz. Y pasa que no mejora. Es cosa de oírlo discutir ahora que es un niño mayor. Un joven imberbe. Bueno, un remedio hay. Basta con invitarlo a visitar parientes. Si está entre conocidos no lo hace tan mal. Como el día en que visitaron a los Wedgwood y se puso frente a sus primas a aventarse tierra. Soy como el hueso de Bob, miren, dijo, refiriéndose a que se había enterrado y desenterrado a sí mismo, como si fuera el hueso del perro. Sus biógrafos coinciden: "en las conversaciones privadas puede ser alegre, hasta ingenioso, pero en público se muestra aterrado y aun disperso. Se acerca a lo real con absoluta ingenuidad. Y cuando se lo oye hablar de los demás, en especial de su progenitor, el malestar crece porque va acompañado de una extraña compasión. Al joven le gusta comenzar por la frase: 'mi padre, que es el hombre más sabio que he conocido…'." A quién se le ocurre ver en Mr. Robert Darwin a un sabio. Es tan gordo que cuando se ve obligado a visitar a un enfermo tienen que enviar a un criado de avanzadilla para que compruebe si el suelo del tapanco soportará su peso. Incluso se mandó fabricar un escalón para poder subir al coche. ¡Qué carga para los pobres caballos que tienen que tirar con el doble de fuerza! Y a eso llaman respetabilidad. Y sabiduría.

Las opiniones de sus contemporáneos coinciden. El joven es, en el mejor de los casos, haragán. Es hijo de rico y los ricos no tienen por qué trabajar, por eso no busca una profesión. ¿Y qué hace en todo el día?, pregunta el padre a su tutor. La asistenta, cuando es cuestionada, tampoco responde, se limita a levantar los hombros y va a dar instrucciones a la cocinera. El médico da vueltas en su despacho con las manos en la espalda, acude al llamado de ésta última, ¡a comer!, con el hambre que tengo, piensa; corrige a sus hijos cuando hablan sin que se les pregunte algo en la mesa, observa al hijo problemático, Charles, ensimismado en el plato de sopa. El joven de ojos tranquilos no interrumpe, espera paciente el momento de ser disculpado, ya pueden levantarse, niños, y los otros huyen en desbandada mientras él abandona su sitio con lentitud: el pasillo cubierto con tapetes, un bargueño con miniaturas, la puerta de salida, el pequeño jardín donde se pierde siempre y más tarde lo encuentran mirando, por ejemplo, un roedor muerto hace días. ¡No te acerques!, ¡está lleno de gusanos!, y Charles, de espaldas a su padre, que es tan sabio, extendiendo la mano y tratando de alcanzar la rata. Pero ¿qué pasa con éste?, exclama el doctor Robert Darwin en un arranque de desesperación. Lo que más desespera es que los empleados de servicio no muestren el menor interés.

Al principio, todo eran tolerancias y bandejas con la jarra de té y galletitas. Tener una posición en The Mount en Shrewsbury, en 1817, es ganarse el alimento y el techo, evitar el chancro y la tuberculosis y no estar expuesto a morir por frío, por ataque violento, por casi cualquier cosa, aunque esa forma de salvarse viniera en la modalidad de pulir los pisos a rodilla y asear y vestir a una familia que tiene varios hijos y entre ellos uno que es bobo. Nada que hacer, dicen los criados un buen día. Dios lo socorra. El joven Charles, que va al internado del doctor Butler, es un indolente, un fronterizo casi. Comprar la res del estofado y las papas para el budín a dos peniques la onza y darle una patata para que la observe es de lo más normal. ¿Qué le ves a la papa, Charles? Por eso, cuando pasa el tiempo, a nadie extraña que Sir Robert Darwin, que no es Sir pero debería, diga: hasta aquí. Y lo inste a buscarse la vida, a ser buen estudiante y concentrarse en la escuela, después de todo, es lo que se espera de un padre, aunque sea gordo y bebedor, porque es rico. Lo que sorprende es la franqueza del hijo, quien dice que siente aversión por las materias, por las preguntas de rutina y las respuestas de receta, ¡como si se tratara de un Sócrates revivido! ¿Qué te gusta en la vida, hijo?, pregunta el doctor Robert Darwin, con cierta aprensión. Me gusta dar paseos en solitario. ¿Y qué más? Me gusta mirar las larvas, las piedras, es un ejercicio de paciencia, piensa el padre, y una obligación como médico y como su progenitor. El padre sonríe; el hijo devuelve la sonrisa también. El padre cruza ambas manos, se acerca.

—¿Y cómo piensas ganarte la vida?

La pregunta cae como un trueno que amenaza tormenta, sin embargo, el joven responde, acorde con su proclividad a la enumeración:

—También me gusta coleccionar animales, conchas, huevos, minerales y vegetales. Y sobre todo, hojas.

Largo silencio.

El padre lo mira fijo, se acerca, hace acopio del último resquicio de paciencia, utiliza los mismos recursos que cuando debe esperar la cura de un paciente luego de un tratamiento largo, pero no hay muestras de que aparezca algún síntoma de mejoría. Nada más, parece decir la mirada bovina del hijo. El silencio se tensa como las correas con que se ata a los pacientes que se hacen extirpar un tumor sin anestesia, como suele ocurrir con quienes se extirpan un tumor. ¿Nada más? De pronto la mirada del hijo se ilumina: ¡los perros!, añade, me gustan también; de modo que las correas se rompen y el padre grita sin poder contenerse:

—¡Nunca serás nada!

Y lo repite en presencia de algunos hermanos de Charles, ¿Oíste?, ¡Nada!, lo único que te preocupa es ir de caza y matar ratas; de seguir así te convertirás en una vergüenza para ti y para tu familia.

Fin de la escena.

Algunos se mostrarán poco sorprendidos, lo sé. Es más: estarán a punto de dar su propio veredicto.

Vivimos en tiempos en que se da por sentado que los hijos que no responden a la voluntad de sus padres tienen déficit de atención. Son niños azules, se dice, seres llenos de luz. Lo natural es pensar que Darwin padecía lo que ustedes creen padecer. Y que Robert Darwin, un hombrón de ciento cincuenta y tres kilos, hijo de Erasmus Darwin, filósofo, gran seductor y poeta que compone poemas eróticos sobre las flores, con hijos por doquier, alegre y libidinoso como sólo puede serlo un filósofo teologal; que Robert, pues, ex esposo de Susannah Wedgwood, mujer de ideas fijas como piedras prehistóricas, muerta y enterrada cuando el niño Charles tenía apenas ocho años, estaba en su derecho a recriminar al hijo y someterlo a estas torturas. Sólo espero que ese Dios en el que creen los disculpe, a ustedes y a él. Para mí es significativo que el médico obeso no tuviera dudas sobre su propio diagnóstico durante ese tiempo, ni arrepentimiento años después. Él, tan buen lector de la sintomatología de los otros, no pudo ver en el coleccionista al genio de su estirpe, ni se compadeció cuando su mujer ¡su mujer, que como hemos dicho era una piedra con ojos!, sugirió antes de morir que había sido muy duro con el hijo, ¿Duro él?, y que podía caer en una injusticia. Y cómo podría pensar ahora en que el hijo llegaría a ser alguien, decía, si Charles era mucho más lento para aprender que su hermana menor, Catherine, lo que ya era bastante decir. Siempre de espaldas, mirando, por ejemplo, un helecho. Perdido en el bosque si es que se les ocurre dar un paseo, en cuyo caso ya podían calcular que en algún momento se extraviaría como si fuera un infante, y los pondría de cabeza hasta dar con él. Helo ahí: recogiendo piedras o dando paseos o cazando pájaros como si el tiempo no huyera de su vida o como si pudiera ponerle un candado, ¡dichoso él, que parece haber sido presa de una iluminación!

Pasarían varios años antes de que llegara una noticia positiva de la escuela. Que ya se interesó por algo, le anunció con una sonrisa el hijo mayor, Erasmus, quien lo supo gracias a un compañero del colegio, y fue a dar la nueva al padre sólo por quedar bien. Ansias de primogénito, competencia rapaz, vil. Y ¿por qué se interesó?, pregunta el doctor. Por la química. El padre frunce el ceño, achica los ojos, se siente engañado y percibe cómo va creciendo en él el enojo: la sangre en el rostro y el temblor en los labios no pueden ocultar que hace un esfuerzo enorme de paciencia y concentración. Y ha triunfado, triunfa. Por ello, en vez de gritar sólo baja los hombros, vencido, ¡Tuvo que ser la química!, dice a media voz, y alcanza a saber que esa era la razón de que los compañeros lo apodaran "gas" y de que el doctor Butler recordara a Charles que el humo y los malos olores eran más apropiados para quienes no tenían otro destino que trabajar en las fábricas y lo reprendiera en público por perder el tiempo de ese modo. ¡Anda, ve con otro chisme, Erasmus! Hijo primogénito, hijo protagónico, no tiene solución. Y luego se quejan de que sus hermanos los odien. Por lo pronto, Erasmus logró su propósito. El doctor Robert Darwin está alteradísimo, a mil:

¡Pero algo se debe hacer!, dice. ¡Es preciso actuar de inmediato y con rigor en estos casos!

Da vueltas por la habitación, el piso cruje. De seguir cavilando va a romperlo. Decide tomar el destino de su hijo en sus manos y lo empieza a llevar a las visitas médicas. Éste es el serrote, éste el abatelenguas; aquél que está ahí es el enfermo. El joven se distrae, no tiene sentido obligarlo a llevar el maletín y hacerlo madrugar como a un párvulo. ¿No vas a poner atención? Es preciso tomar una medida más drástica. Así que a los dieciséis años el padre saca a Charles de la escuela y lo envía a estudiar medicina a la Universidad de Edimburgo, igual que a su hermano mayor, el chismoso. El reporte que dio Erasmus hijo, diligente como sólo un hijo mayor puede serlo, hizo que el ánima, aun sabiendo que no existe, se le cayera al padre a los pies. A Charles todas las materias le parecen aburridas, no tiene sentido común, y según se le oyó decir, lo más penoso que le había ocurrido en la vida eran las conferencias del doctor Duncan a las ocho de la mañana, las que, lo sabía ya, serían espantosas de recordar si llegaba a sobrevivirlas.

Lo de las visitas médicas en compañía del padre no va mejor. No puede soportar la vista de la sangre y es incapaz de resistir dos operaciones de niños sujetos con correas, sin usar anestesia, a la usanza de los tiempos, tanto que sale corriendo antes de que terminen con la operación. Pasado este evento, no puede dormir por noches enteras, pues el recuerdo de esta situación lo obsesiona. De modo que abandona los estudios. El padre decide que su hijo necesita una profesión de tipo espiritual. Charles está de acuerdo. Ingresa a estudiar teología y desde el primer día refuta todos los preceptos, no asiste a las clases, vaga por la universidad y da rienda suelta a su pasión por la caza y por montar a caballo; culmina sus actividades con auténticas francachelas a las que él llama "cenas en compañía de amigos". Asiste de oyente a una asignatura que no tiene que ver con el currículo, naturalismo, con el profesor John Henslow, y llega al colmo de pagar a un negro para que le enseñe a disecar pájaros. El padre decide que su hijo no tiene remedio. ¿Cómo combatir la abulia? ¿La falta de interés?

El destino lo escucha: el hijo solicita al padre permiso para embarcarse por el mundo a bordo de un velero bergantín. ¿Cómo dice? ¿Seguir su vida de bohemio y gran paseador, extendiendo los límites del paseo a Filipinas y América del Sur, a Tierra de Fuego, donde habitan aborígenes? Lo peor es que es el propio Henslow quien sugirió la idea y habló con el capitán Robert FitzRoy para convencerlo de aceptar a Charles como compañero de viaje: tendría alguien de su clase con quien conversar. El padre se opone: a menos que alguien con sentido común lo convenza de lo contrario no está dispuesto a acceder a semejante locura, para muestra basta un botón: Una vez embarcados, los marinos piensan enviar de regreso a Tierra de Fuego a tres aborígenes traídos a Inglaterra para su pulimiento y civilización a quienes pusieron el nombre de Fuegia Basket, York Minster y Jimmy Button, ya que el cuarto miembro de esa triste expedición, Boat Memory, se les murió en Gran Bretaña, de viruela, según le refirió uno de sus informantes. No sabemos si los nativos yámanas fueron convencidos de prestarse a ser objeto del experimento o cazados. Esta gente que se da a la vida holgada, a la mar, que pasa sus días no pensando más que en ver las estrellas, la estela que va dejando la nave, el paso de las nubes y esperando que llegue la hora de almorzar o cenar y que no haya tormenta, y se alegra de ver un manchón de delfines saltando, o de garzas que anuncian tierra a la vista, esa gente ¿es de fiar? ¿Y aquellos a quienes les da por hacer experimentos con los otros? ¿Va a dejar a su hijo Charles al garete, él que es médico? Y si no puede hacerse cargo de cuidar de su salud, física y mental, y aun espiritual, si no puede velar por el porvenir y la fe de ese joven él, que es su padre, entonces ¿quién?

Su tío Josiah Wedgwood intercede por él, y no sólo. Acerca al muchacho la lectura de Humboldt, quien le provoca el deseo apremiante de visitar Tenerife. El tío explica al padre de Charles que la expedición tiene un objetivo muy útil. Completar el estudio topográfico de los territorios de la Patagonia y Tierra de Fuego, el trazado de las costas de Chile, Perú y algunas islas del Pacífico. El padre responde: pues si ha de pasar sus días haciendo mediciones, que lo haga. Hay seres más dotados, que aprovechan mejor las oportunidades que les dan su clase y su suerte. Pero si éste quiere medir, que mida. Aunque ya no alberga esperanzas tiene que admitir que algo es algo; que hay seres menos bien provistos y al menos el chico no es un delincuente o un proscrito o no todavía, y aunque pase la mayor parte de su tiempo en Babia, es decir con sus escarabajos y sus estampas y sus piedritas es dulce de carácter —también podría utilizar otra palabra, pero mejor no— y sonríe bonachón cuando se le llama, y ha aceptado no dedicarse a los negocios ilícitos como el contrabando de esclavos, por ejemplo.

¿Que ésta es la prueba fehaciente de que el descubridor de la teoría de la lucha entre las especies era el menos indicado para llevarla a cabo? ¿Que cómo iba a sobrevivir una obra producto de un hombre que no dio señas de estar mejor dotado que sus congéneres? Difiero de esta opinión. Lo único que puede sacarse en claro de estos inicios es que la familia no es el sitio idóneo para desarrollarse como individuo en toda su potencialidad; que el lugar que ocupa uno como hijo es determinante y —aunque esto lo sabría el padre del naturalismo mucho después— que hay mecanismos de sobrevivencia que no se manifiestan de modo explícito.

Las variaciones, por pequeñas que sean, y cualquiera que sea el origen del que provengan, si en algo son provechosas a los individuos de una especie en sus relaciones infinitamente complejas con otros seres orgánicos y con sus condiciones físicas de vida, tenderán a la conservación de dichos individuos, y serán generalmente heredadas por la descendencia.

Ch. D.

Caso dos
Adaptación

Mis padres vivieron distanciados muchos años. No obstante, la muerte de mi padre trajo una consecuencia inesperada, aunque lógica. Mi madre quiso reunirnos. Ella, que no nos toleraba más de cinco minutos al teléfono, nos citó en su casa. A los cuatro. Vino la reunión. La solidaridad exaltada. Y luego de los acuerdos sobre los arreglos de la defunción, a nuestro cargo, la promesa de algo que no esperábamos. Una herencia en vida. Lo que su padre me dejó pienso entregárselos, dijo. He llegado a la conclusión de que ahora les servirá mucho más que cuando yo me haya ido. La decisión nos sorprendió. Y nuestra reacción, siendo tan distintos unos de otros, asombrosamente fue la misma: no nos caía mal. Nada mal. Eso decidimos. Al hacer esta afirmación no hablo sólo por mí. Más allá del brillo en los ojos de mis hermanos, tenía pruebas para ver que este giro inesperado sería una tabla de salvación en el pago de la hipoteca de la casa de mi hermano Juan; que Pedro ya no tendría que preocuparse por sus negocios inviables y que Sofía podría renunciar a las continuas demandas y la vulgaridad de su amante.

Al anunciarnos su decisión, mi madre fue perentoria:

—Sólo les pido una cosa: no me lo devuelvan. Lo he pensado bien, como sólo una madre puede hacerlo en estos casos. No podrían. De intentarlo, estarían obligados a trabajar para mí y esto haría crecer su frustración. Alimentarían reproches, odios familiares y a la larga, con tal de pagar, cambiarían su vocación. El camino de sus vidas, bueno o malo, pero el que ustedes eligieron, se volvería una ruta vacilante, el ánimo se les volvería una cosa blanda, viscosa...

De pronto se detuvo, como asaltada por una idea no prevista:

—Aunque es cierto que también les quedaría la ingratitud...

Nos miró fijo. Y luego, como pensándolo mejor, añadió:

—Pero no, no creo que eso los tiente. Si la fe mueve montañas, la culpa hace que te caigan encima. El odio, el asco por ustedes mismos marcaría su existencia. Miren: no me devuelvan nada. Lo que pienso darles se los entrego de forma gratuita.

Sofía fue la primera en intervenir.

—Pero extender simplemente la mano... No sé, a mí me deja incómoda.

—Nada, nada —respondió mi madre y agitó una mano en el aire, como dando el encuentro por terminado—. La bondad se paga de otras maneras.

Nos miramos desconcertados. Ella, al vernos, esbozó una sonrisa.

—No; no crean que estoy esperando algo. Sé cómo son estas cosas. La esencia de la progenie es la ingratitud. Qué le vamos a hacer, ése es el destino de los padres: que los hijos nos pisen, que pasen por encima de nosotros para que se perpetúe la especie...

—Madre, por favor, no digas eso —suplicó Pedro, que era el más hipócrita de los cuatro. Pero ella siguió:

—Primero dejarán de invitarme a restaurantes, luego se olvidarán de llamar el día de mi cumpleaños, un día me abandonarán en Navidad. Es posible que hasta me regalen un perro y me dejen sola con él, a mí, que odio las mascotas…

Juan quiso decir algo pero ella levantó la palma y lo detuvo:

—Incluso considerarán que pagarme un seguro de gastos médicos es inútil.

Ninguno de nosotros había pensado en eso. Se hizo un silencio sepulcral.

Para aligerar la tensión, Pedro abrió la gaveta donde ella guardaba los licores y le sirvió un anís. A los demás nos preparó whiskey con soda y a Juan, ron con cocacola. Pensamos que el alcohol la detendría y lo que hizo en cambio fue infundirle ánimos:

—Pero ustedes no tienen la culpa sino yo, por parirlos. Los hijos deben seguir su camino sin mirarnos. Es la ley de la vida.

Decidí intervenir con lo único que se me ocurrió:

—Sin embargo, una madre es siempre una madre —dije.

—Ése es el problema. Justamente. La abnegación. Una cualidad que como madre me caracteriza.

—Aunque tú no eres abnegada —se aventuró Pedro— y ahora que murió papá tendrás tus novios, te irás por ahí con ellos…

—¡Por-fa-vor! No digas tonterías. Como si fuera tan fácil. Hoy las jóvenes cazafortunas están a la orden del día, acechando a los hombres de mi edad. Además: ¿quién me va a querer con cuatro hijos encima?

—¡Pero si somos adultos! —protestó Juan, que llevaba el pelo canoso atado en una cola de caballo y estaba endeudado hasta las manitas.

Mi madre miró con desprecio sus vaqueros rotos y el suéter a la espalda, de eterno galán:

—Un hijo nunca deja de ser un hijo. Lo sabrás cuando tengas los tuyos.

—¡Pero si tengo dos!

—Sí, de tu segunda mujer —y recalcando la frase insistió—: *De ella*.

—No veo cuál es la diferencia, la verdad...

—La diferencia es que una madre nunca deja de preocuparse.

—Podrías intentarlo —sugirió mi hermana Sofía.

—Inténtalo tú, que para eso tienes juventud. Estás en la edad de ser irresponsable.

—Madre, no quise ofenderte.

—Pues lo hiciste.

Y arremetió con furia de predicador:

—Y sobre tu decisión de no tener hijos, permíteme decirte algo. Un día dejarás de ser joven. Te quedarán los placeres de la senilidad, tristes placeres. Más tristes cuando se ha tenido una vida como la tuya. Siempre pensando en cómo comer menos, cómo llegar a una talla más pequeña... —movió la cabeza, como tratando de deshacerse de una idea inconcebible—. Haber venido al mundo a ser talla cero... ¡Qué gran proyecto para la humanidad!

Bebió un poco más de anís y dejó la copa sobre la mesilla.

—Es una talla que tiene sus encantos... —concedió— hasta que se te deja de ver bien la ropa: las faldas cortas, los escotes. Un día percibes la mirada burlona de los demás. Entonces te dedicas a rellenarte el cuerpo, tratando de suplir los años perdidos con algo, porque sientes ese vacío... y te das vuelta y encuentras que no tienes nada, ni siquiera un hijo para consolarte, aunque cómo te va a consolar, si esa no es la esencia de la progenie, menos cuando se trata de un hijo que no has parido… —dio un trago a su anís y suspiró—. Ah. Vivir para tener a los hombres rendidos a tus pies. La seducción permanente como tema de vida…

Observó las huesudas piernas sin medias de mi hermana, que terminaban en unas zapatillas doradas como de bailarina, y siguió:

—Los hombres… Sólo sus insinuaciones son un inmenso imperio en el que una puede perderse sin remedio. ¿Qué palabras emplear para traducirlas? Necesidad de cuidados. Comprensión. Sed de compañía. Esperanza de aventura. Ansias de ternura, de solaz… No, imposible describirlo. Nos perderíamos. Son seres complicados en su expresión aunque transparentes en sus intenciones. Todo lo que desean podríamos reducirlo a una palabra: madre. Eso es lo que ven en una. Una mujer no es para los hombres más que una madre, aun para sus amantes futuros.

Hizo una pausa para dejar claro que ni siquiera nosotros, sus hijos, estábamos exentos de este sino.

—Porque ¿qué es lo primero que te pregunta un hombre apenas te conoce? —se hizo un silencio—. Exactamente. Tu edad. ¿Y lo segundo? No si estás casada, eso no es un estorbo a fin de cuentas. ¿Tu nombre? Tampoco. Ni tus aficiones, pues todo hombre cree que podrás amoldarte a las suyas, tengas las que tengas. Lo que te preguntan es si tienes hijos. Y de qué edad. Eso es lo que les preocupa. Que vayas a adjudicárselos, que ocupen el sitio que les corresponde a ellos…

—Madre, te hemos comprendido —dijo Juan, que además de impaciente, siempre fue mentiroso—. No te defraudaremos.

Nos pusimos de pie, dando el asunto por zanjado. Ella rechazó el beso de Juan y dijo antes de cerrar la puerta:

—Más les vale.

Todo el día me quedé dando vueltas a la sensación de inquietud que me había dejado la reunión con mi madre y luego la olvidé. Semanas después, el comentario de Juan, que yo creí un mero recurso para terminar con aquella visita, empezó a germinar de nuevo, como un organismo que se hubiera mantenido en estado letárgico y comenzara a clavar el aguijón de la duda. Empecé a preocuparme por mamá. Porque la amaba. O no, no lo sé. ¿Cómo saberlo? La línea divisoria entre el amor y el terror es tan tenue… Por días, estuve intentando llamarla por teléfono sin que se dignara contestarme más que a través de la grabadora. La imaginaba sentada frente al aparato, oyéndolo sonar mientras se limaba las uñas, haciéndose conjeturas: ¿Será Juan? ¿Será Sofía? ¿Serán Pedro, Alfredo? Al tiempo que se le multiplican los hijos, y era como si de pronto tuviera diez, veinte, cincuenta y ocho hijos preocupándose por su salud y su bienestar. Tras varios días de no recibir respuesta a mis mensajes pensé: se ha ido, sin avisar. Tiene con qué. Aunque me arrepentí. ¿Cómo puedo pensar así, si es mi madre? ¿Y si se hubiera puesto mala? Pero esto es imposible, concluí, nos habríamos enterado alguno de los cuatro. No la vuelvo a llamar. Que escarmiente. No acababa de tener esta idea cuando ya estaba marcando otra vez. Y nada. Luego pensé en qué le había yo hecho a mi madre para que me tratase con tanta maldad. Me sorprendió que su voz me contestara un día, como si nada, y me dijera que Juan la había invitado a comer a un restaurante extra-ordi-nario. No hizo otra cosa que recetarme el menú, decirme cuánto disfrutó cada plato, cuánto habían costado los vinos y la champaña, los sacrificios que eso implicaba para Juan, ya que no había recibido un peso hacía años...

—Madre —la interrumpí—, te he comprado un viaje.

Yo mismo me sorprendí diciendo eso.

—Todos estos días te he buscado para decírtelo.

—¿Un viaje? Ay, lo siento. No voy a poder ir. Tu hermano Pedro me inscribió a un club, preocupado por mi salud.

—¿Te pasa algo?

—No, preocupado por mi salud futura. Mira, un viaje es por un tiempo limitado, en cambio un club es para siempre.

La membresía tenía como condición que comenzara a asistir de inmediato.

—¡Imagínate! Me regalan un par de gorros de natación y una maleta para que guarde allí mis cosas.

—Y cuando merme tu salud ¿qué harás? —le eché en cara.

—Qué quieres decir.

Me arrepentí enseguida.

—No estoy queriendo decir más que aparte de la salud debes pensar también en la relajación. Un viaje a Miami a un SPA, frente al mar...

—¿A Miami?

—Pues a dónde creías —reí.

Quien diga que me impulsaba mi proyecto de hacer cine y comprarme la casa de campo donde podría escribir a mis anchas, miente. La preocupación por mi madre en mí era auténtica. Nunca dejé de ver por ella, ni de invitarla a comer ocasionalmente aunque siempre detesté sus formas de manipulación. Pero ¿era manipulación? ¿Acudir al chantaje para procurar la atención de esos hijos que hasta hace poco parecía detestar? Tal vez se sentía sola, tras la muerte de mi padre. El afecto humano es así. Nos basta con que la pareja esté en otra habitación, incluso en otro país, para cumplir con la necesidad fisiológica de afecto para nuestra subsistencia. A veces, nos basta con que esté en nuestra mente. A mayor distancia, crece el amor. Demasiado cerca es dañino. No podemos verlo, siquiera. Pero la necesidad de compañía se sacia mientras tengamos la certeza de que el ser amado existe y nos retribuye. Algún poeta lo dijo: "La soledad es el fondo último de la condición humana. El hombre es el único ser que se siente solo y el único que es búsqueda de otro". En mi experiencia esta afirmación, absolutamente convincente, es falsa. Basta con observar la reacción de otras especies cuando se las fuerza a vivir en soledad: mueren. ¿Alguien ha visto la profunda tristeza de un perro solitario? ¿De un pez? Los pollos y los monos, solos, sobreviven pocos días. Pero los perros y los peces no leen poemas. A mi madre le bastaba con que mi padre existiera, odiándolo a distancia para tener su necesidad vital satisfecha. Ahora que mi padre no estaba, en cambio, luego de años de vivir sola y feliz parecía requerir nuestra compañía constante. Nos quería cerca.

—¿Sabes qué me ha dicho tu hermana? —me preguntó cuando la llamé para saber cómo estaba.

—Qué.

—Espera, tengo el teléfono en *hold*; Pedro me está llamando por la otra línea.

La odiaba, sí, pero sólo en proporción directa al odio que empecé a sentir por mis hermanos. En su reciente preocupación no mostraban un interés tan puro como el mío. Pensaba en cada uno de ellos solícito, atento a los caprichos de aquella de quien habían decidido huir en cuanto pudieron y a quien ahora procuraban como si se tratara de una valiosa especie en vías de extinción. Mi madre nunca habló de cantidad en el reparto de la herencia. De hecho, no sabíamos a cuánto ascendía el monto ni cuánto nos tocaría a cada uno. Tampoco, desde el día en que lo anunció, había vuelto a mencionar el tema. Pero la sombra de esta promesa pendía sobre los cuatro, aunque no lo dejáramos ver.

—Pues me dijo que está esperando un hijo —me espetó en cuanto volvió a tomar mi llamada.

—¿Un hijo? ¡¿De quién?! —brinqué, sorprendido.

—¿Y qué importancia tiene eso? Va a ser madre. ¿Entiendes? Madre… —y aquí se solazó pronunciando esa palabra como si se tratara de un postre exquisito.

—El ser más grande de la creación —me oí decir.

—Sí, algo que ni tú ni tus hermanos podrán entender jamás —me restregó—. Sólo que hay algo extraño en esto, ¿sabes?

—¿Ah sí? —me regodeé—, ¿qué?

—Pues que ha decidido regalarme un collar de perlas, a mí, por ser la abuela.

—Ah.

—Tu padre siempre me dio una alhaja cuando ustedes nacieron. Una joya por cada hijo.

—Es que éramos un regalo para la humanidad —bromeé.

—Pero un regalo que *yo* le di —aclaró—, y eso es lo que él supo reconocer. La capacidad de hacerlo padre, que pudo realizar gracias a mí. Ahora es tu hermana quien me lo agradece, pues sin mí, ella no existiría.

Por algún tiempo, esta dinámica continuó. Podría decir que a partir del deceso de mi padre no hubo oportunidad en que no estuviera acompañada por cada uno de nosotros, y en todas ellas hubo una constante: jamás la vi satisfecha. Si yo le regalaba un collar el día de su cumpleaños (reconozco la falta de imaginación), ella decía, mientras analizaba las perlas dándoles la vuelta y hundiendo la uña:

—Es bonito, sí.

—Mira el broche —la animaba yo—, es plata engarzada mediante un trabajo muy fino en este ganchito, ¿ves?

—Sí —respondía sin demasiado entusiasmo—, pero el que me dio Sofía es de perlas naturales...

Lo mismo dijo Pedro, que había comentado sobre el viaje pagado a crédito en que él la llevó "a tomar un café a París", como me confesó un día.

—Imagínate —se lamentó aquella vez—: ¡Lo único que se le ocurrió decirme fue que el avión en que viajó por invitación de Juan a Puerto Vallarta era más grande!

—Oye, Pedro. ¿A ti te ha dicho algo mamá? —lo enfrenté, de plano.

—¿Algo? No, qué va.

—¿Y no le habrá dicho a Juan algo que tú y yo no sabemos?

—Lo he pensado también. Pero no, yo creo que Juan paga todo con los programas de computación que vende.

Por años, este fue nuestro pan de cada día. Entre tanto, Juan vino con la noticia de que había conseguido un puesto fijo de programador en una empresa. Por meses, mi madre no tuvo ojos más que para él. Le había comprado un sillón especial, dijo, y le estaba remodelando la casa con su primer sueldo. Al año siguiente, Sofía terminó la especialidad de enfermería que hizo a mi madre sentirse feliz y llegó un día con la noticia de que dos de sus solicitudes fueron admitidas en un par de clínicas, según ella, de mucho prestigio, aunque nosotros sabíamos que eran de mala muerte.

—Elige sólo la que te convenga más —dijo mi madre en aquella ocasión, mirándonos con desdén a nosotros—; tú date tu lugar; como una reina...

—Oigan, ¿no le habrá dicho mamá a Sofía...?

Como si hubiera podido oírnos, mamá gritó desde su sillón en la sala mientras nos servíamos un whisky:

—No se preocupen, muy pronto ustedes también van a tener su recompensa...

Y añadió, enigmática: a quien estudia y trabaja, siempre acaba yéndole bien en la vida.

Al primer año, siguió el segundo y a éste, unos cuantos lustros. A los días siguieron meses, y a los meses, muchos años. Pedro pudo colocar unas cuantas ventas en el negocio de los bienes raíces, el único en que no tenía que hacer más que estirar la mano, y yo seguí con mi cargo académico, que mal que bien me permitía viajar, llevando a mi madre conmigo y dándole algunos gustos. La dinámica del amor filial siguió así, sacándola éste y pagando ese capricho aquél, llevándola y recogiéndola la otra... Mi hermana no tuvo ningún hijo. Tal vez fue un embarazo psicológico o perdió el producto, nunca lo supe. Pudo también tratarse de un engaño. Pero mi madre pareció no reparar en este hecho. Simplemente se dejó conducir, como un carrito de súper que va recogiendo bienes de gaveta en gaveta. Como es natural, envejeció. Y con la vejez, cambiaron sus necesidades. En vez de las salidas a restoranes fue prefiriendo comer algo preparado por nosotros y un día decidió que tendríamos que repartir nuestro afecto por días, de modo que cada uno le acondicionó una recámara exclusivamente para ella en nuestras casas. Dos días a la semana lo pasaba con un hijo distinto. Fue una época de competencia atroz en la que nos costó, a quienes las teníamos, retener a nuestras parejas y no obstante no tocamos el tema de la herencia. La vimos enflaquecer al ritmo en que perdía su ímpetu guerrero. Hoy, reducida a su mínima expresión, mi madre reina desde el sillón orejero que tiene en cada una de nuestras casas, un trono que parece quedarle demasiado grande.

—Han sido tan buenos hijos —nos dice— los cuatro… Es logro mío, pero no duden, tendrán su recompensa.

Cierta vez, jugando, alguno se atrevió a preguntar en medio de una cena:

—Oye mamá, ¿qué te dejó mi padre? Dinos la verdad.

—¿Tu padre? —preguntó, como si no recordara de quién le estábamos hablando.

En otra oportunidad en que alguien lanzó una indirecta, ella respondió:

—¿Y qué me iba a dejar, si nunca tuvo nada?

¿Qué habría pasado si mi madre no hubiera sido tan chantajista?

Esto fue lo que preguntó una de mis radioescuchas tras brindarnos el relato anterior, que convertí en radioteatro y que transcribo aquí como el caso número dos. Respondí lo mismo que diría ahora: no debes llamar chantaje a la conducta de tu progenitora, querida amiga. Se trata de un simple mecanismo de adaptación. Si la especie ha sobrevivido a grandes catástrofes se debe a su persistencia en una sociedad que da poco espacio a la imaginación. No incurras en el error de buscar un nombre para lo que es simple intento de aferrarse a la existencia, incluso cuando se está al final. ¿Juzgarías como una chantajista a la polilla blanca (*insularia*) que cambió su color claro por uno oscuro (*carbonaria*) a fin no ser vista cuando Londres se cubrió de hollín durante la Revolución Industrial? ¿Qué habría ocurrido si la pobre polilla no hubiera hallado este mecanismo? Y a los pájaros depredadores que se comieron a la especie de polillas (*Biston betularia*) que eligieron pasarse el día descansando posadas en los troncos de los árboles ¿cómo los llamarías? ¿Y a la polilla holgazana, cómo? Tu madre, como la *insularia* diligente, no hizo más que transmutar. Pero la gente juzga conforme a modelitos aprendidos. ¿Acaso culparías al rinoceronte que huye del fuego y deja a su cría detrás? No respondas que no eres un rinoceronte; no caigas en esa estupidez. No reemplaces las ciencias naturales con la teoría de Dios Padre Todopoderoso y su corte celestial. Si algo abunda en la especie homínida es la cría que cuestiona al progenitor. Pero esto es una tara o en el mejor de los casos una necedad. Porque si bien es cierto que algunas especies evolucionan no es menos verdad que otras no lo hacen y desaparecen, y no por ello decimos que actuaron bien. Sé sensata y deja atrás a quienes acusan con argumentos falaces lo que no pueden comprender. Olvida tu furia inquisitorial. Y puesto que de enjuiciadores se trata, enjuiciemos a quienes cuestionan a Darwin también. Veamos cómo y cuánto se equivocaron al no ser capaces de ver que sin los sutiles mecanismos de adaptación no sobrevive una criatura, vamos, ni una idea siquiera.

Empecemos por la réplica que hizo aquella radioescucha en el momento en que imaginó que su madre hubiera podido ser otra. Es natural que lo pensara así. La vida está tentada a narrarse a partir de todos nuestros condicionales. De todos nuestros *si*. Por eso, yo le pregunto a ella misma: ¿qué habría pasado si el grandísimo Charles Darwin no hubiera parecido un inútil a su padre, qué habría pasado si el Enorme Padre del Naturalismo no hubiera viajado en el Beagle y reunido su colección? ¿Qué habría pasado si no hubiera sufrido el cambio fisiológico que Robert Darwin detectó en su hijo recién desembarcado, luego de cinco años de ausencia, con asombro?

Lejos habían quedado los años de la estupidez. Charles se había embarcado, había mandado una que otra carta, había regresado y ahora estaba ahí, frente al padre que lo observaba con azoro. Su hijo había sufrido una mutación. Le cambió la nariz. Lo estaba percibiendo clarísimo.

Recordó: las cartas que durante algunos momentos del viaje se habían ido espaciando a causa de los informes que Charles fue enviando a la sociedad científica se volvieron frecuentes a medida que se acortó el tiempo de regreso. De modo que el padre, como es natural, se emocionó. El día del anuncio de su llegada, no podía negarlo, se había ilusionado aún más. Un hijo no deja de ser un hijo, y aunque éste no era el que más alegrías le había dado, el hecho de recorrer el mundo en un bergantín precario de tres velas al que se le había añadido una cuarta para sortear en lo posible las frecuentes tormentas lo volvía un héroe a sus ojos, en cierta forma. No que hubiera creído por eso que Charles había cambiado su naturaleza esencial: nadie lo hace. Ni siquiera Lord Branley Droughton, aquel enfermo de tisis que aun moribundo, en el lecho, había tenido ante él muestras de su formidable mezquindad: le quedó a deber sus honorarios completos. Un caballero moría como caballero sólo si había vivido como tal, lo mismo que una dama no dejaba de serlo aun si las circunstancias la arrojaban a la viudedad, el hambre o la indigna soltería. No obstante, bastó con que su hijo descendiera del barco y él pudiera abrazarlo para comprobar el milagro. *Algo ocurría*; algo estaba ocurriendo exactamente ahí, delante de sus ojos. Agudo observador de natural escéptico, lo primero que hizo fue dudar. Si reconocía al hijo era, sobre todo, porque el hijo decía ser su hijo y, acto seguido, por la voz. Y por la complexión del cuerpo, si bien se daba cuenta de que había perdido algo de peso y estaba demacrado. Envejecido, también, pese al tono muscular. Pero lo extraordinario no estaba ahí. ¿Dónde estaba? En la cabeza; era *otra* cabeza. Una vez sentados en el salón y luego de dar y recibir un nuevo abrazo y observar en los otros las efusivas expresiones de rigor, se disculpó un momento y fue a la habitación que empleaba como despacho y consultorio. Sacó el craneógrafo y comparó las mediciones. Acto seguido, cotejó las realizadas a cada uno de sus vástagos que tenía asentadas en el cuaderno, incluidas las del propio Charles. Dictaminó que la cabeza de su hijo había cambiado por completo. Hizo, orgulloso, sus anotaciones. Su hijo estaba sirviendo de ejemplo para la ciencia. El cambio en el tamaño de la cabeza, opinó, es quizá el rasgo más sobresaliente. Con todo, no pudo soslayar la distinta configuración de la nariz. ¿Cómo tipificarla? Era una nariz prominente, sin rastros de la chatura de antaño, aunque no se pudiera clasificar como aquilina o clásica. Era gruesa y larga, una nariz interesante, sin la menor duda. Estaba muy lejos de creer en la frenología y si él no fuera su padre y Charles su hijo, diría que le habían regresado a un individuo distinto. De modo que tuvo que reconocer, luego de bajar al salón y comentar lo observado con los demás, que hay manifestaciones que exceden al saber científico, y dar constancia del cambio.

Aunque la época habría estado preparada para aceptar el absurdo de la teoría fisiognómica, el padre no se refirió a ella directamente. Pero la transformación hizo que avalara el sentido del viaje y lo que es más fascinante aún: el sentido del estudio de su hijo. Y su parecer se propagó. De modo que la teoría de la evolución depende, en buena medida, de la apariencia de que quien la formulara. Está sujeta a la configuración de una nariz, primero, y de una cabeza, después. Ésta es mi primera conclusión. La segunda, que el cambio en la configuración física de un individuo puede ser visto como un rasgo favorable o desfavorable a la adaptación. ¿Qué habría pasado si yo, en vez de ser moreno y tener esta mirada penetrante que les da tanta desconfianza hubiera sido alto, bien parecido y de ojos claros e inexpresivos como lagos sedimentados? ¿Habrían llegado a las conclusiones a las que llegaron sobre mí? Simplista como parece, mi teoría se apoya en un principio más complejo. Cada época es capaz de asimilar sólo aquello que está en su horizonte de creencias. Todo es cosa de adaptarse a una cuestión de terminología y factibilidad. Aunque las verdades también descansan en el azar. La teoría del Padre del naturalismo fue aceptada por razones extra científicas porque sus contemporáneos no estaban preparados para comprenderla de otro modo.

Aún hoy hay quienes dudan de su validez. Pero yo, que con los neodarwinistas —aunque bien separado de esa ralea— conozco el conjunto de la literatura biológica, he destinado mi vida a prolongar el alcance de esta teoría y estudiar la especie de los homínidos con base en la experimentación. Comparto con Darwin el sino de ser un hombre de nariz chata y frente amplia y, no obstante, un hombre de tesón. Pero, a diferencia de él, no soy rico ni hijo de ricos, no nací en Inglaterra, no he viajado en bergantín por el mundo aunque sí he surcado los mares de la onda larga y corta de la radio y la más larga aún del Internet. También, como Darwin, soy un coleccionista, pero a diferencia de él no he dispuesto de un espacio seguro para levantar el inventario de mi objeto de estudio: ustedes. De modo que me vi obligado a esconder las evidencias hasta el día en que se descubrieron en mi casa y a través de la red. Acepto que la tentación de extender sus límites a ese otro hogar que llamamos ciberespacio contribuyó en alguna medida a que mi tarea no pudiera concluir, ni llegara a buen puerto. Sin embargo sé que necesitaba extender mis fronteras a fin de conseguir mi espectacular avance. Albergo la esperanza de que en el transcurso de la lectura de este escrito haya una mutación sutil, de punto de vista al menos (si no hay otra), que permita la adaptación de mi afán a aquello que mis contemporáneos están dispuestos a aceptar.

Tres

Antes de salir del puerto de Davenport, el Beagle requirió de ciertas reparaciones. Dos meses de espera, a fin de arreglar los desperfectos producidos en su viaje reciente. Una maniobra común, según le explicaron al joven de veintidós años el contramaestre y el propio FitzRoy, quien lo iba a capitanear por primera vez. El anterior argonauta, el capitán Pringle Stokes, le explicaron, se había suicidado después del viaje. Las causas del suicidio no estaban claras. Hubo conjeturas aquí y allá: la navegación era así. El pánico de remontar tormentas, una tras otra, de vivir a la intemperie, expuesto a cualquier desastre, que es la constante, sin encontrar la paz después de un incidente, y otro y otro. ¿Qué, un hombre de mar no se curte nunca? ¿Qué, las marcas de la piel, las cicatrices, no son el espejo fiel de lo que les sucede por dentro?

—Murió de gangrena en Puerto Hambre, doce días después de darse el tiro (uno de los marinos que había hecho la travesía con Stokes).

—Yo, que supe lo que era la ternura de un marinero, nunca pude obtener ternura de él (Sweet Pea, mariposa nocturna del puerto de Liverpool).

—No hay pasión como la de un hombre en uniforme; más si es capitán (anónimo).

Luego de oír estas declaraciones, el joven de los ojos tristes fue atacado por un mal repentino: tenía palpitaciones y experimentó dolores en el corazón. Hay quienes aseguran que estos síntomas no hablan más que de una indisposición nerviosa y un miedo natural a emprender una travesía de cinco años a bordo de un tipo de embarcación que los marineros apodaban "ataúd" por su tendencia a irse a pique. El HMS Beagle nació como un barco de guerra aunque no participó en batalla alguna. Era un bergantín de reducidas dimensiones, sólo treinta metros de eslora para una tripulación de setenta y cuatro hombres a bordo. La tercera parte de los barcos de este tipo zozobró y se ahogaron sus tripulantes o quedó inutilizada al enfrentarse a las inclemencias del mar. Quién sabe si esto solo bastara para acrecentar los miedos de quienes se embarcaban o si hubiera algo más; un acontecimiento indecible que marcara sus vidas para siempre. El caso es que el primer capitán del Beagle, Pringle Stokes, se quitó la vida de un tiro en 1828 tras un infernal periplo por la Patagonia.

Aun así, Charles Darwin, de veintidós años, soportó como pudo los días previos y se embarcó el 27 de diciembre de 1831 ¿y por qué? Por una convicción. Los lugares donde habitamos son impermeables al asombro. Nada más invisible que el espejo en que nos miramos todos los días ni un punto ciego superable a la habitación donde despertamos. Sin duda ese viaje ofrecería una forma de *observar*. El sitio que es muchos sitios: un lugar ideal para empezar una vida de verdad.

El barco zarpa, FitzRoy le da un regalo de bienvenida a su interlocutor: *Principios de geología*, de Charles Lyell. Lo lleva al final del cuarto de cartas náuticas, el dormitorio de Darwin, un rincón estrechísimo donde cada noche tendrá que quitar un cajón para tender su hamaca y le explica que dormirá con otro. Luego de ayudarlo a hacer espacio apilando sus pertenencias, FitzRoy invita a

Charles a su dormitorio entre pasadizos, brincando cuerdas y escurriéndose con dificultad. Darwin mantiene el equilibrio, escucha de pronto la voz del capitán: siéntase a sus anchas, amigo Charles, y al ver la litera angosta casi invadiendo la ínfima mesa de trabajo comprende que adaptarse a las peores condiciones y ser paciente y cortés son la única vía para llevar a cabo su estudio.

No hay suficiente luz, ni aire, y el alma se encoge en aquel recinto. El aire se adensa: vuelven las palpitaciones del pecho. Está oliendo muy mal, más bien está empezando a oler pésimo cuando FitzRoy le dice:

—Éste es el camarote—y señala el único espacio al que podía apuntar su dedo. O dicho mejor: hacia donde apuntara, estaría apuntando al camarote.

Él asiente.

—Es el más amplio y más cómodo. Me corresponde, por ser el capitán. Desde hoy se lo ofrezco, amigo mío. Sólo tiene que prometerme que tendré momentos de intimidad; que estaré solo conmigo cada vez que lo necesite. Soy muy espiritual. Cuando tenga necesidad de un momento así, le pediré que saque sus arreos y papeles simplemente con un gesto.

No tuvieron que entrar en el camarote; no habrían cabido los dos. Se dieron la vuelta, uno detrás del otro, y subieron de nuevo a la proa. Por unos minutos, se pusieron a ver el mar.

El viaje está iniciando, apenas inicia y ya resulta una pesadilla. El nuevo viajero sufre de continuos mareos y lo confiesa. FitzRoy lo asiste, le da remedios, sugiere que pase el mayor tiempo posible en tierra cada vez que lleguen a algún puerto. Incluso se puede hacer algo más. Charles puede viajar por vía terrestre y dar alcance a la nave en el siguiente puerto. FitzRoy le explica con detenimiento la ruta de viaje. Vela por su seguridad y su salud. Charles se siente agradecido pero también culpable. Hay ideas que no comparte con el capitán. Apenas han zarpado y ya siente un nudo en el estómago. No cree en el experimento de civilizar fueguinos, no cree en el orden natural de las cosas, no piensa constatar científicamente la exactitud literal del *Génesis*. "Ciencia y religión tendrían que ser la misma cosa", le dice FitzRoy. "La primera, un simple medio para interpretar las verdades absolutas de la segunda". Cada noche, Charles se retira de la mesa con zozobra. Lo dejan inquieto esas conversaciones. FitzRoy cree a pie juntillas en el *Antiguo Testamento*. Deplora la esclavitud pero insiste en que la obligación de Charles es demostrar el dicho orden natural. Cree en la evidencia de fósiles gigantescos por el tamaño de la puerta del arca de Noé y tiene una explicación: se extinguieron los animales que no cupieron por la puerta. Observa los objetos que Charles introduce a la nave. Se muestra satisfecho si Charles mismo dispara a pájaros y animales y los lleva a engrosar la colección, pero se molesta cuando esa pasión va cediendo y el joven naturalista encomienda la tarea a su criado para meterse en su camarote a pensar. Pensar es un vicio, amigo mío, si no se piensa conforme al orden teologal, dice, convencido, FitzRoy. Yo sólo consiento meditar en torno a dos amos: el Ser Supremo y la Corona. ¿Qué hacer? Ahora se le ha ocurrido algo peor. Apenas llegados a Tierra de Fuego, después de establecer los puntos clave de comercio para el Imperio Británico, FitzRoy analiza a los indios patagónicos. Decide que son un obstáculo para el feliz avance del hombre blanco, o sea ellos. Haber llevado a cuatro nativos a reeducarse a Inglaterra, vestirlos, enseñarles modales y la lengua inglesa, la única verdadera, lo mismo que el cristianismo, la verdadera religión, calzarlos y traerlos de vuelta le parece una oportunidad de oro, la única solución. Así irán haciendo con otros nativos, le dice, llevándoselos de a poco. ¿No le parece a él una magnífica idea? Charles procura no ver ni oír. Mira para otro lado. Admira la belleza de plantas y animales; la exuberancia o la aridez en el paisaje. Anota en su diario lo que observa. Se asombra de ver cambios innegables en las mismas especies y esa noche no puede tragar ni compartir su visión. Si las palabras del *Génesis* fueran ciertas, ni plantas ni animales debían haber cambiado desde que Dios las creó. Es una intuición apenas, pero no puede decir nada de esto a FitzRoy; su conversación con él se torna ambigua, vacilante. Esa noche, durante la cena, el capitán se muestra especialmente locuaz. ¿Así que antes de viajar con él pensó dedicarse a teólogo? Darwin asiente. ¿Así que él también se extasiaba con las maravillas naturales que Nuestro Señor puso un día sobre la Tierra para solaz y estudio de los hombres? Charles sonríe de aquel modo que su padre prefirió no calificar. Y ¿no era una maravilla ver cómo había de especies raras en esas islas perdidas, cuán variadas y distintas unas de otras y más sorprendente aún que el Creador las hubiera mantenido ocultas a los ojos de la civilización desde el origen de los tiempos hasta ese día? Porque —ahora lo sabía— el Señor, en su infinita bondad, había decidido enviarlos a ellos, FitzRoy y Darwin, a esas tierras perdidas de nombres peligrosos: Cabo de Hornos, Isla Tormenta, Isla Riesgo e Isla Desolación, para que ambos sobrevivieran al mal y dieran noticia de sus hallazgos a Su Majestad a fin de que el Imperio Británico se vistiera de gloria con el conocimiento de tales prodigios.

Charles se lleva a la boca un trozo de pan y otro de pescado y se da a la masticación. De esa forma no tiene que contestar.

Porque, vamos a ver, continúa FitzRoy, el quinto día de la creación Dios creó los peces y las aves y el día sexto al hombre y los animales y vio que estaban bien y por eso ellos debían ver también que estaban bien y habían estado bien e inmutables por los siglos de los siglos. ¿O no? Y una vez pensado así es lógico que las especies superiores, verbigracia, ellos dos, o si prefiere de otro modo, el incomparable pueblo inglés representado por ellos, habite *allá*, en la parte menos equinoccial del mundo, donde hay edificios de varias plantas y construcciones fabriles en plena producción y ferrocarril, mientras que las especies inferiores las haya puesto el Señor *acá*, en la orilla inferior del orbe, entre el calor tropical y los zancudos, donde no hay nada de lo que hay *allá*. Y más lógico aún, aunque también más extraño, después de todo, que el Señor haya dispuesto que ellos dos, Robert y Charles, unan ambos mundos en uno solo; que vengan y se lleven a los incivilizados de a poco. Darwin levanta su copa a fin de tomar un sorbo para no atragantarse y FitzRoy cree que brinda, así que choca la suya, y enseguida Darwin se arrepiente, pues con este gesto parecería que comulga con las ideas de su compañero de viaje, ahora su oponente, quien no obstante le dio acceso a su cámara de capitán para que trabajara en silencio, aislado de las otras setenta y dos personas, y lo salvó de zozobrar en aquella tormenta donde casi pierde la vida y lo que es peor aún, su colección, y a quien sólo por eso, por haberlo salvado, le debe su vida y su lealtad. Porque ha destinado también sus ahorros completos para financiar un viaje que le habrá permitido a él dar el salto.

Un viaje que es lo más significativo que le ha ocurrido en su vida y lo más importante que sin duda le ocurrirá.

Y ahí van los dos. Y así día tras día.

Hasta que Darwin encuentra al gliptodonte.

Cuando sube la osamenta a bordo, ayudado de un número considerable de marineros y nativos, FitzRoy se escandaliza.

—Esa no es una criatura de este mundo —afirma al verlo.

No son sólo las dimensiones del espécimen ni los estragos que puede causar al barco las únicas razones de su negativa. Le ha permitido a Darwin subir especies del mundo vegetal y animal a fin de llevarlas como muestras para el imperio. Este conjunto de huesos no puede ser un vestigio animal por la sencilla razón de que los únicos animales creados por el Señor fueron salvados por Noé cuando la inundación y su número se concreta a aquellos que han pasado por la puerta. Considera una burla de su colega querer engañar al pueblo inglés construyendo seres imposibles con cascos hallados aquí y allá y armados como un rompecabezas. Tras dispersar a la multitud y pedir a Charles que no se aparezca durante las próximas horas, FitzRoy entra en su camarote y trata de concentrarse en una tarea de veras seria: la supervisión de las mediciones cronométricas. No obstante, no se concentra. No puede dormir esa noche. Tras cerciorarse —por los ronquidos— de que los marineros en la proa duermen a fondo, explora, palmo a palmo, la portentosa armadura. Luego de mirar por todas partes ayudado de una tea y palpar cada hueso comprueba que, en efecto, se trata de una osamenta completa, sin trampas ni añadiduras. Después de entregarse a cavilaciones febriles que incluyen la relectura de varios fragmentos de la *Biblia* y cálculos con el sextante y el astrolabio, una noche sin luna acude a cenar y dice a Darwin con el rostro pálido y los ojos poseídos:

—La puerta del arca de Noé era mucho más grande de lo que imaginábamos.

Darwin explota. Pone en duda el tiempo de creación de siete días e insinúa la evolución de algunas especies y la extinción de otras. Por último, dispara una bala de cañón: el gliptodonte no es otro animal que el inofensivo armadillo.

FitzRoy lo expulsa de la cámara por siete días consecutivos, el mismo tiempo de la creación, pero pasados los siete días lo disculpa y lo invita a trabajar de nuevo. Una vez a bordo, le explica que él se parte el espinazo tratando de salvar las velas y equilibrar la nave; que vive nervioso, tratando de mantener la calma entre los marinos que de día se rebelan y se embrutecen con alcohol de caña todas las noches; que ser capitán es en buena medida no consentir el desequilibrio mental de sus tripulantes y mucho menos permitir que Darwin lo provoque con sus absurdas conclusiones. Que si ha de seguir con sus fábulas de nativos más vale que abandone el barco. Que ha llegado a extremos intolerables y que si ha de volverse loco lo haga solo.

De modo que esa vez y la vez siguiente y las veces que vienen más tarde, Darwin bebe de la copa, resignado, habla del cielo borrascoso o del cielo despejado o del cielo simplemente azul, de las tierras tropicales o yermas, tierras alejadas de la mano de Dios, y luego de la cena, noche a noche se retira a escribir en silencio, mientras permanece a bordo, ocultando la emoción y guardando ese nombre extraño debajo de la lengua, el nombre de las islas donde están fondeando ya. Galápagos.

Cuatro

No es un lugar agradable, ni siquiera un paraje que ofrezca mayor interés. El hombre de los ojos tristes mira la superficie que forman las mismas, repetidas rocas. No sabe qué hacer con ellas todavía. No sabe siquiera qué pensar de la fauna. Es la primera vez que se encuentra animales que no le temen. Apenas le hace falta un arma para capturarlos. Piensa sobre todo en el halcón que echó a volar hasta que casi podía golpearlo con el cañón del arma. Y en la iguana que excavaba su madriguera en la arena, a la que tiró del rabo. Simplemente se mostró asombrada y lo miró como diciendo ¿por qué me tiras del rabo?

No sabe qué hacer con esos organismos. Observa que son creaciones nativas (no le dirá nada de esto a FitzRoy, no de momento), que sólo existen en las islas, como por derecho propio. Pero algo debe hacer con el paisaje. Las elevaciones coronadas por un cráter, los márgenes de las coladas de lava en cuyo interior parece haber estado el mar hasta hace muy poco ¿qué significan?

Interpretar de forma correcta implica descubrir un método. Lo primero es observar lo que hay delante de uno para ir hacia atrás en el tiempo. Atender a lo insignificante, una roca submarina que emerge a la superficie, un trozo de roca blanca y dura que no se parece a las demás. Tomarla en la mano para que los dedos vean de esa otra manera en que sólo ellos saben: palpando los bordes, sintiendo la rugosidad que no ha cedido a los embates del agua, tal vez por ser muy reciente o por su naturaleza necia y antigua. Ver la roca extensa: la mano no puede abarcarla toda. Descubrir que el estrato inferior de roca revela la presencia de conchas y corales; llegar a la conjetura y leer el pasado: un torrente de lava ha fluido sobre el lecho del mar y ha cocido conchas y corales que la mano palpa convertidos en roca como si todavía se quisiera engañar. La roca revela un residuo de lava alrededor de los cráteres volcánicos de la isla.

Era emocionante ahondar en el pasado, observando así.

Sentado sobre las blancas rocas, Darwin *leía*. Sin más instrumento que sus ojos y la naturaleza. La lectura era un modo de abordar la geología partiendo de la evidencia que surge al unir un objeto con otro. Y era fascinante poder leer la costa y saber que las rocas mostraban la superioridad del método de Lyell, su maestro. Y era terrible, también. Porque estaba negando la lectura de la naturaleza como el Libro de Dios, donde además de saber que todo está hecho a Su imagen y semejanza, el resto es equívoco. Abrir una nuez y pensar, por simple comparación con su forma, que tiene el poder de curar el cerebro. La nuez y el cerebro se parecen. Creer que el cerebro duele. Qué absurdo. ¿Cómo iba a decir que la lectura de la *Biblia* era contraria a la verdadera lectura del mundo? ¿Y quién escribiría ese libro? Él no, desde luego. Pero lo tentaba la idea de lo que podría demostrar sobre la geología de las tierras visitadas por el Beagle. Era un principio. No hay nada peor que trabajar sin un sentido, que acumular datos sin saber hacia dónde dirigirse y él había descubierto esa dirección ahora.

Sintió una emoción muy honda y el enigma de haber llegado sin pisar la meta todavía. Por varios minutos estuvo convencido de que era el descubrimiento más grande de su vida, porque era el primero. Había aprendido a leer el mundo. Una sensación de euforia lo llevó a dejarse invadir por la alegría del viento, el olor del yodo y el calor del sol: la sensualidad del trópico. El enigma de lo raro que hay aun en las islas desérticas. Una roca que no se parece a otra. El oleaje eterno y la llegada a un bosque tropical. Los sonidos variados, exóticos. ¿De quién era esta palabra, "exótico"? De Humboldt. De él era esta experiencia también. Las palabras son siempre la experiencia de alguien más. Y él experimentaba ahora eso que no era suyo o que lo era gracias a otro. Y aunque la variedad de la flora y la fauna y la asombrosa diversificación de los paisajes de Salvador de Bahía fueran una de las vivencias más gratificantes de su vida, conforme avanzaba en el viaje había una imagen que no pertenecía a nadie más que a él y era la imagen que se había fijado para siempre en su memoria. Un acantilado de lava, el sol ardiente, unas cuantas plantas que crecían cerca y los corales que la marea había arrastrado a sus pies. Aquella primera forma de lectura. Pero, sobre todo, la huella de algo que cruzaba continuamente su campo óptico. ¿Qué era, qué es? El ojo también se adapta, se distrae o se fija solamente a una cosa. Hay que obligarlo a ver en lo que no repara.

Pájaros.

Comenzó a reír. Lo hizo primero sin darse cuenta, después con plena conciencia, a carcajadas. ¿Así que había sido algo tan simple y tan fugaz como el vuelo de un ave, o de muchas, lo que no había podido mirar? Supo que esa ráfaga de la memoria eran pájaros o por mejor decir, aves de la misma especie con distintos picos. ¡Y la variación ocurría a tan pocos metros de distancia! Tan cerca, que las aves eran observables de una isla a la otra. Los llamó Pinzones. Escribió: Son endémicos. Se trata de trece especies, habitantes de estas islas. Poseen una variedad de picos, dependiendo de la dieta y estilo de vida particular. Familia de los *Fringílidos*, subfamilia *Geospizinae*, que se encuentra a su vez dividida en pinzones terrestres, género *Geospiza*, y pinzones arborícolas, género *Camarhynchus*. De canto potente pero nada musical. Forman grandes bandadas. Los dibujó. Se esmeró en imitar el color oliváceo, la frente negra y la cola terminada en una mancha negra. Anotó que no pasaban de los quince centímetros. Se ocupó en mostrar las diferencias en cada ilustración. Esta actividad le tomó días, semanas enteras de estudio. Sabía que le tomaría años después. Y esa noche sí conversó sobre las aves con FitzRoy, quien se mostró complacido con los dibujos: las aves canoras tenían por objeto cantar para mayor gloria de Dios. Darwin sonrió. No dijo nada terminante sobre éstas, sólo habló de su observación. Aves. Distintas unas de otras, a pesar de la cercanía entre las islas. Después, se retiró a escribir. Helo ahí, inclinado sobre una tabla, en su camarote: trabaja. Diseca las especies que le trae su criado, las guarda y las plasma describiéndolas en sus cuadernos. No marca a qué isla corresponde cada una, no lo considera de interés. Tras noches innúmeras y días invertidos en registrar, observando al espécimen, descansa. Y tanto esfuerzo, después de todo, ¿para qué?

Para que años después los habitantes de otras latitudes vengan a decir que lo que Darwin dibujaba no eran pinzones sino sinsontes, todo con el afán de destruir no sólo una teoría sino un momento hermoso. Adánico. Que no consistió en decir "te llamarás pinzón" sino en descubrir que si éstos presentaban variantes tan grandes hallándose a una distancia tan corta, y si esas variantes dependían del clima, de la cantidad de alimento y de otros factores, el hecho no podía más que tener una explicación: un origen común. Y en clasificar a los distintos pinzones según la extensión y grosor de sus picos, según su diversidad y en llevar el argumento más lejos aún y hacerse la pregunta fundamental: ¿Y qué ocurriría si otra especie mostrara las mismas variantes, y otra lo mismo y así hasta cubrirlas a todas, el *Homo sapiens* incluido?

Si las especies descienden de especies anteriores, al igual que todo individuo desciende de sus progenitores, entonces los géneros estarán vinculados también por una ascendencia común, del mismo modo que los primos comparten abuelos.

Ch. D.

Caso tres
El origen de las especies

Estábamos frente al espejo del baño, en medio de algún argumento, cuando de pronto cayó como un golpe:

—No te lo presto —dijo mi hija, refiriéndose a un lápiz labial que acababa de aplicarse. La miré desde el espejo, en la esperanza de encontrar el gesto que me confirmaría lo que había detrás: una broma.

—¿Te hace sentir mal, verdad?

—Y a ti por lo visto te hace sentir bien —dije.

—No, pero es necesario.

Y guardó sus cosméticos.

—Tienes que curarte.

—¿No me vas a prestar *ninguno*? —insistí, incrédula.

Movió la cabeza, en signo negativo.

—¿Ni la pinza de cejas siquiera?

—Ni la pinza de cejas.

Dejé pasar unos momentos, sin saber qué decir.

—Qué tristeza —dije, mirándola fijamente—, qué tristeza saber que nada de lo que te he enseñado vale para ti. Que no aprecies lo que te inculqué ni lo que te he dado desinteresadamente. Ni la generosidad, ni el amor al prójimo, ni siquiera la consideración.

Ella siguió maquillándose tan tranquila.

—Porque si valiera, me prestarías la pinza para arrancarme... —hice un gesto vago, que abarcaba el cuerpo— todo esto. O me estarías ofreciendo, cuando menos, tu vestido rojo tornasol.

Con delicadeza, sacó el cepillo dentro del tubo y se aplicó rímel en las pestañas del ojo izquierdo, luego procedió a hacer lo mismo con el derecho.

—¿Sabes cuál es tu problema? —dijo de pronto, dándose vuelta con el cepillo en la mano—. Tu problema es que padeces el complejo de "quiero lo que tú tienes".

Me quedé helada. Nunca me había visto como alguien que añorara poseer lo de otros, menos aun lo de ella.

—Qué hay de malo en eso —dije, mirando con displicencia su vestido talla cero—. En el fondo, mi complejo tiene un fin noble. El deseo de ser mejor.

Cerró los ojos y sonrió, como si tuviera que controlarse. Luego los abrió, dejó el cepillo en la bolsa de cosméticos, me tomó de los hombros y me llevó a sentarme a la orilla de la cama.

—Ya habíamos hablado de esto —me dijo.

Yo incliné la cabeza.

—Mírate los pies. ¿Qué número calzas? ¿Cinco? ¿Cinco y medio?

Suspiró.

—Y en el vestido no cabes. ¿Entiendes? Eres-otra-talla.

Busqué una salida rápida.

—Y qué tiene esto que ver con las pinturas.

Ella se puso de pie, como si se hubiera acordado de algo; volvió a la bolsa de cosméticos y sacó una pequeña brocha para aplicarse las sombras.

—Que son objetos de uso personal, como el cepillo de dientes. Si te los presto, me puede dar conjuntivitis.

Decidí enfrentarla y ensayé una actitud heroica.

—Entonces regálamelas.

—¿Para que te dé conjuntivitis a ti?

—Prefiero que me dé a mí que a ti.

Esto último no era verdad, pero me violentaba que además de prohibirme usar sus cosas no me diera el gusto de ganar un argumento.

Ella volvió a negar.

—Lo más triste no es que desees mucho —reinició— sino que no deseas nada. Ése es tu problema. Es como si no pudieras ser verdaderamente tú.

Miré la piel de mis extremidades inferiores, rugosa y llena de escamas, mis caderas anchas, envueltas en plumas, la redondez de mi vientre. Concluí que era el resultado de no haberme ocupado de algo que no fuera el deseo de alguien más. ¿A quién estaba queriendo complacer con ese parpadeo continuo y ese estilo flamboyante? Una gran tristeza me inundó. Creía ser grácil cuando en realidad era torpe; guapa cuando no hacía otra cosa que bambolearme al caminar.

Guardando sus cosas, antes de irse, me dijo:

—Y no es que quiera meterme con tu apariencia. Lo que importa en las personas es lo que tienen dentro. Pero no es fácil que digan que tu mamá es un avestruz.

—Ya lo sé —dije.

—¿Tú también lo has oído? —preguntó con asombro.

—Todos lo dicen en el instituto.

—¿Ves lo que te digo?

Comenzó a vestirse con rabia, con prisa.

—Y sólo por no encontrar tu estilo.

—Pero ¡¡cuál es mi estilo!! —pregunté con desesperación.

—Eso es cosa de cada quién. Tú tienes que encontrar el tuyo.

—Dame una pista —supliqué—. Algo que me ayude a recordar quién era.

Miré sus cabellos largos, ondulantes y su cintura esbelta.

—Compréndeme un poco, anda. ¿Cómo puedo cerciorarme de que alguien como tú vino de alguien... como yo?

Me miró con desconfianza.

—Tal vez un día te animes a pagarte el tratamiento que te arranque esas plumas y dejes de pelar los ojos, como haces en las fotografías, y te limes esas uñas y dejes de dar esos saltos y andar brincoteando y ocultando la cara ante el menor problema... Es cosa de que hagas el esfuerzo de ir hacia atrás. Sabría que vine de ti si recordaras que un día fuiste otra especie, aquella que se abismaba nadando a contracorriente.

—¿En la pecera?

—No veo nada de malo en ello.

—¿Detenida en la cadena evolutiva?

—Sólo si así lo quieres ver.

Supe que había llegado el momento de abandonar mi parpadeo y sustituirlo por la mirada absorta detrás del cristal.

—Al menos podría identificarme contigo —siguió—, saber que vine de ti. Y así, cada noche, al despedirme te vería feliz de estar en tu elemento, sabiendo que tengo una madre que encontró por fin su estilo.

Acto seguido, dejó caer la abundante cabellera, movió la cintura y la vi partir, enfundada en su vestido rojo, entallado y brillante, agitando la cola y respondiendo al claxon de los autos con ese eco, sombra de un canto, que hacía que aun los conductores más templados no pudieran resistirse y fueran tras ella.

Un observador cuidadoso y modesto haría simplemente esta observación: la especie habla de justicia en una de las épocas más injustas de la historia; habla de paz en tiempos violentísimos y habla, sobre todo, de igualdad: igualdad entre las razas y los pueblos, igualdad entre géneros y miembros de la sociedad, igualdad entre padres e hijos. ¿Y qué tenemos como resultado? Lo muestran los casos que acabo de exponer. Parejas que se destazan para sobrevivir, hijos que cuestionan a sus padres, hijas que valiéndose de su insolente juventud devuelven a sus progenitoras a su más primitiva expresión: vete por donde viniste, ya no me sirves. Una vuelta al origen mal entendida. Un ejemplo fehaciente de involución. Si creen que exagero, obsérvense: ¿a qué han llegado después de tantos siglos de pisar la tierra y cómo son quienes están a su alrededor? La especie está compuesta de seres inconformes, agresivos, entregados a estupefacientes o al terrorismo criminal. Organismos estresados, ansiosos. Animales incapaces de lograr la apacibilidad de una vaca rumiando.

Seres llenos de sospechas.

¿Y qué prueba esto? Que el más apto sobrevive. Pero el menos apto también.

Comprenderán que su descalificación de mi persona no me haga mella. Y que no sea suficiente para echar abajo todos estos años de esfuerzos. No puedo estar más orgulloso de mi colección. Haber ido reuniendo especímenes ejemplares del *Homo sapiens* en la forma en que lo hice y cuando todavía era posible registrar sus rasgos esenciales es una de las tareas más nobles y más complejas que alguien haya podido emprender. Y no estoy refiriéndome a los casos, pues estos fueron sólo el punto de arranque, sino a la inmensa variedad de jóvenes cuyos cuerpos colgué en Internet. Un hecho ilegal, según ustedes, pero absolutamente acorde con el método científico, porque como han hecho notar mis colegas la ciencia es conservadora y avarienta, y debe guardar lo que pertenece a su campo de estudio, sea lícito o no. La ciencia no distingue, las distinciones las han hecho ustedes. Y han decidido encerrarme y privarse del privilegio de saber quiénes son.

Les diré quién soy yo, para compensar. Tal vez algunos de ustedes puedan verse en mi espejo y con suerte lleguen a aterrorizarse de lo que ven: aquello que odian en ustedes mismos.

Mi historia verdadera, como la de Darwin, comienza con algo incomprensible para los demás, mi afán de pensarlo todo en términos de juntar. Reunir, clasificar, guardar. El principio de la colección. Inició el día en que mi madre me llevó a una escuela encerrada entre dos vías ruidosas copadas de tránsito y puestos ambulantes a iniciar un grado que eufemísticamente llamaban "maternal". Un tonel vestido de mujer, seguido de su secuaz, una vieja flaca y de cabello hirsuto, ambas con delantal de rayas azules como uniforme de preso, pretendieron arrancarme de la mano de mi madre, sin ninguna posibilidad. Entre más me jaloneaban, más chillaba y pataleaba yo, aferrado al regazo materno, si es que aquella porción de un cuerpo humano que nunca había dado muestras de quererme proteger podía responder a semejante título. Al verse ante el dilema de seguir tirando o ponerse a gritar, la flaca fue por una caja de madera llena de corcholatas pintadas de colores. Supuso que abrirla bastaría para hacerme correr a sus brazos y entrar a la cueva que tenían por salón. Al darse cuenta de lo inútil de su intento, la gorda trató de calmar a mi madre, con frases del tipo de "así son todos los niños al principio, ya verá lo contento que viene él solito después" mientras la flaca se afanaba en acercarme todo tipo de objetos, verdaderos "tesoros" a sus ojos: barras de cal pintadas de colores a las que llamaba "gises", trozos redondos de vidrio a los que se refería como "canicas", botes de avena forrados de papel crepé a los que no llamaba de ninguna forma, todo en vano. ¿Cómo iba a cambiar la mano de aquel ser a quien acostumbraba llamar madre tomada de la mía, más aún cuando nunca me tomó de la mano por gusto ni se dejaba tocar ni me acariciaba? Y aunque así hubiera sido, ¿cómo iba a interesarme la acumulación de trebejos junto a la posibilidad de observar el rostro enfadado de mi madre o el inmenso pecho de la mujer tonel cuyo peinado, semejante a un budín, se sacudía, negando de un lado a otro ante mi resistencia a entrar al salón? Porque a diferencia de lo que reunían mis compañeros de escuela nunca me interesó juntar monedas, dibujos, estampas que salían en el pan de caja o cochecitos de plástico barato con rebabas que los comerciantes incluían en las cajas de gelatina. Mi resistencia no era sólo a esa clase de objetos. Ya desde entonces odiaba los alimentos procesados que se me ofrecían, sin saber por qué. Simplemente me causaban náuseas. La gelatina era un postre inmundo; un coloide de consistencia semisólida hecho con cartílago o con partes de hueso, saborizantes y colorantes artificiales con el que las madres de entonces pretendían ahorrar en el gasto y, según ellas, nutrirnos. El pan de caja era una masa insípida saturada de químicos y sodio, rodeada por una costra. Y aunque yo no sabía del horror con que pretendían envenenarme ni de la intención de las trasnacionales que comenzaban a inundar el país con sus productos, detestaba el pan de caja y la gelatina. Pero odiaba aún más esas colecciones inducidas con las que mis padres y maestros pretendían cambiar mi afición natural por reunir algo más interesante: partes del cuerpo. Miembros, pelo, pieles y lunares, todo aquello que mis ojos iban juntando por la calle. Mi colección particular, para la que un día habría de encontrar un método.

En cambio, el de las escuelas era el idóneo para que nadie fuera original ni se detuviera a observar por sí mismo. Para que nadie pudiera desarrollar lo que la ciencia considera el paso indispensable para formular una ley partiendo de la observación no inducida.

Por otra parte, no puedo decir que obligarme a juntar lo que yo rehuía fuera un acto de maldad o de mala fe de parte de mis padres o mis maestros. Lo que había era un mero afán de repetición; emular la conducta de otros miembros de la especie sin cuestionarla, algo típico en el imparable fenómeno de la evolución. Los bípedos implumes son los únicos seres vivos que reúnen cháchara inservibles aun cuando ya no están en tiempo de reproducción y no pocas veces mueren perseguidos por esta causa. Ahí están sus autos y su ropita de marca, sus lentes de diseñador. Sus aderezos de falsa pedrería, sus estupefacientes, sus no sé cuántas casas en no sé cuántas regiones, muchas de ellas al servicio de quienes los sirven cuando alguna vez van. Una infinidad de objetos inútiles. Pero en mis padres había algo más: había miedo. Desde niño, tuve la desgracia de provocar desconfianza. Una suspicacia que va de mis gustos particulares a mi físico. El resultado final es éste: mírenme aquí, sentenciado, básicamente por reunir la colección más completa de *homínidos* y llevarla a límites no vistos. Hasta cierto punto, lo entiendo. Entiendo su miedo. El ser humano es reacio a aceptar lo distinto, aunque es también reacio a admitir la multiplicación de lo igual. Que los entienda a ver quién: los que no se parecen a ellos son aborrecidos, pero la clonación, aun entre las mentes más abiertas, levanta ámpulas. Nos sentimos únicos. Es una necesidad. Es la idea central de las religiones, que sin embargo unen a los individuos en manada: Dios te ve como un ser irrepetible en su creación, *cómo no*. El individuo es el gran invento del capitalismo. Y de lo que ustedes llaman Ilustración. ¿De qué otro modo podríamos tolerar la idea de que el único sentido de la vida sea perpetuarse, sin más, siendo parte de una cadena infinita? ¿Cómo podríamos admitir ser parte de un embalaje igualmente innecesario? Acorde siempre con lo que piensan los demás. Y el que se salga de esa cadena: alto ahí, encantado. El diferente atemoriza, pone a temblar a los demás. Al horror que produce ver a un niño que no se desarrolla ni dándole hormonas, un *Homo liliputiensis*, por decirlo así, pequeño y encantador en todo como fui yo de niño, modestia aparte, que recordaba nuestro origen con cada porción de mi cuerpo, salvo en mi inteligencia supranormal, y verlo reunir idénticos objetos sin otra ocupación, día tras día, se aunaba lo raro de mi colección. Observaba a los otros. Los observaba a ustedes.

Reunía miradas, gestos, particularidades en la conformación de cuerpos, órganos y tejidos. Observaba el color jaspe o zarco de unos ojos, un par de pantorrillas torneadas y guardaba esos preciados objetos para mí. Como esa colección no era visible ni yo hablaba con nadie de esos agrupamientos, lo que mi madre descubrió un día en que limpiaba la cochera fue su parte visible, los objetos que pertenecían a quienes llamaban mi atención y me los obsequiaban: un pañuelo de rayas cafés —entonces era obligatorio llevar pañuelo a la escuela—; un sacapuntas con capucha de plástico, un anillo con una piedra azul, un zapato, cosas de las que me valía para conservar el recuerdo íntegro de sus dueños. Pensó que robaba. Me obligó a devolver una a una las señales que con todo cuidado fui reuniendo y que por meses había guardado entre los trebejos de la cochera. ¡Y nosotros que pensábamos que jugabas al taller mecánico!, dijo mi madre con desilusión, como si hubiera renunciado a un gran porvenir. Solté una carcajada. Sí, ríe, reiteró cuando vio mi reacción. Cada generación ríe de sus padres. No respondí, pero recuerdo que pensé: y cómo puede extrañarles. De los padres había que huir, esto lo supe muy pronto. Si no podía ser de forma definitiva, al menos procurándome un mundo aparte, como hizo el genio de la biología, Sir Charles Darwin. Y si la monarquía inglesa en su absoluta ceguera no condecoró a este portento humano, lo hago yo. *Sir* y punto.

Sé que se me acusará de cuestionar a los autores de mis días, como yo mismo he hecho con quienes buscaron mi consejo y a quienes estudié. Tengo en mi defensa dos respuestas. La primera es casi una tautología: yo mismo soy un miembro de la especie que estudio y no puedo sustraerme a este hecho. Pero no acudiré a ese truco. Diré más bien que mi reparo no tiene que ver con los mecanismos de sobrevivencia de mis progenitores, que yo hubiera estado muy dispuesto a respetar, sino con su conducta prohibitiva, tan perniciosa para la ciencia. Nadie sabe lo que es luchar por una vocación que los demás no entienden (Darwin lo sabía); nadie sabe lo que implica para alguien desmembrar un conjunto que le ha tomado toda su energía y su tiempo reunir, a menos que sea un coleccionista.

Si sobreviví a la humillación de ver a mi madre entregando uno a uno los objetos a la directora de aquel colegio de párvulos fue sólo porque en ese momento supe que habría de sustituirlos por otros equivalentes de inmediato y porque la reacción de sus dueños no me importaba en absoluto: no eran ellos, sino algunas partes de su cuerpo, lo que me causaba interés. Esto lo tuve siempre muy claro.

Así que me apresuré a juntar, por así decir, "recordatorios". Entendí que sería más fácil conservarlos si eran los propios sujetos quienes me los proporcionaban. Un dibujo, un carrito, y cuando no había más remedio, sus absurdas estampas. ¿Para qué querría yo conservar las banderas de distintos países o el retrato de un jugador de fútbol, deporte que detestaba y detesto? Sólo para recordar que aquéllas pertenecían al gordo Sosa, de quien guardaba en seguida la forma abullonada del vientre, o a Juan Alberto Almanza, cuya mirada fría y ojos hundidos quedaban de inmediato archivados en mi mente. Mi madre se sintió feliz al ver que su hijo empezaba a "socializar" con los compañeritos de escuela. Mi padre me sugirió invitarlos a alguno de los *picnics* que como miembros de la Asociación de Familias Cristianas hacían. Yo me limité a sonreír, como aprendí a hacer en estas situaciones. Y seguí reuniendo las imágenes, cientos, miles, que para sorpresa de los siquiatras y peritos quedan vivas hasta hoy en mi memoria.

Pero si entonces pude adaptarme al medio y aguardé paciente hasta tener oportunidad de reunir algo más cercano a los originales mediante la cámara fotográfica que mis padres me regalaron cuando cumplí doce años, no ocurrió lo mismo con ellos. Mi madre volvió a encontrar las series ("ojos", "dientes", "pectorales") ahora impresa en imágenes y distribuida con cuidado en un álbum y puso el grito en el cielo. Decidió que haberme inscrito en un colegio "sólo para niños" me había vuelto o estaba por volverme homosexual. Habló con mi padre, quien dijo que él había sugerido desde el principio un colegio mixto y laico y que era ella quien había decidido que me adaptaría mejor si iba al colegio católico donde se inscribía a todos los hijos varones de la clase media. De modo que en el siguiente ciclo me cambiaron de escuela y, claro está, de nueva cuenta me despojaron de mi colección. Cada vez que intentara reiniciarla, del modo que fuera, ocurriría lo mismo. Pensé: los padres envejecen pero no maduran. No interpretan más que desde sus prejuicios, no conocen el método científico. Cuando alcancé la pubertad, en el nuevo colegio no dejaban de hablarnos de la necesidad de tener "un encuentro" con nuestros padres. A los míos, lo supe después, había que buscarlos en los bares, en las fiestas, en actos sociales, en cualquier sitio donde pudiera evitar encontrarlos sobrios y sacando conclusiones.

La forma más difícil de adaptación consiste en trazarse un camino propio, desoyendo las enseñanzas de los ancestros. Obviar los conocimientos previos, dar el salto evolutivo. El paso más complejo para mí fue saber que no habría una oportunidad de emigrar y dejar atrás a una familia que no comprendía mi vocación ni se daba cuenta de su alcance. Emprender el viaje sin dejar mi casa, un viaje mental y emocional que me empujaría a llevar una segunda vida, sin dejar la otra, la del disimulo. Mi cuerpo moreno y simiesco, un cuerpo que se negaba a crecer, no me ayudaba a pasar inadvertido. Y no obstante fue el que me acercó a la posibilidad de vivir entre mis objetos de estudio.

Alarmada, al ver que ni me relacionaba con los demás ni crecía, y sospechando que aquello tendría que ver con algún síndrome, mi madre comenzó a ver doctores. Unos la remitían a otros, de la medicina pública a la privada, deambulando de médicos generales a endocrinólogos, neurólogos y siquiatras. Las visitas a consultorios y clínicas donde me pesaban y medían, primero, así como los laboratorios que tomaban muestras de sangre o me hacían perfiles hormonales después, me hicieron conocer cuerpos de casi todo tipo. Más tarde, los hospitales en que pasé temporadas largas donde experimentaban con nuevos tratamientos definieron mi ruta. Ampliaron la gama de los seres que conocí en el colegio, en los vestidores y los baños públicos. Fue allí donde se afincó mi deseo y mi posibilidad.

Ellos fueron mi Beagle particular. Ellos y los gimnasios que empecé a frecuentar por prescripción médica. *Tiene que tener un cuerpo normal, o lo más normal que se pueda, dadas las circunstancias. Lo del pelo que cubre su cuerpo no tiene problema, señora. Hay sistemas de depilación con cera, muy eficaces. En cuanto a la frente amplia, es síntoma de una inteligencia superior. Deje de llevarlo a la escuela. ¿Para qué seguir exponiéndolo a la burla? Póngalo a estudiar en casa. Contrate un profesor de matemáticas, de español. Dele a leer libros de historia, de ciencias naturales. Acérquele* El origen de las especies, *de Charles Darwin. Además de educarlo tendrá un sentido terapéutico.*

He aquí mi tercera conclusión: sólo al final de una vida sabes a qué y para qué te has adaptado. Al hombre de ciencia lo hace, sobre todo, el azar. La determinación es una ola en la que uno se monta o no, pero en todo caso es secundaria. Sin ese golpe de suerte, que es el primer llamado, la voluntad se vuelve instrumento de la esclavitud, estemos o no conscientes.

Para Darwin, fue terrible adaptarse a vivir en un camarote de popa de tres por tres punto tres metros de superficie, ocupado por una gran mesa de mapas al centro y forrado de armarios y estanterías, con el cajón desmontable lleno de muestras que debía quitar y sustituir por la hamaca todas las noches. Habituarse al "mal de mar" al que no se acostumbró ni cuando desembarcaba en tierra. A superar las dos salidas en falso al inicio del viaje, en el puerto de Davenport, debidas al mal tiempo. A las setenta y tres ruidosas personas a bordo de un navío de veintisiete metros de eslora por siete punto treinta y cinco metros de manga en el centro. A vivir en movimiento. A no estar solo. Pero lo más difícil, con mucho, fue adaptar sus hallazgos a una teoría. Este hecho lo mantuvo en vela durante muchas noches.

Mientras estuvo en las Galápagos, creyó en la teoría de Lyell según la cual las especies eran creadas en algún lugar determinado y desde allí emigraban. ¿Cómo explicarse entonces que la mayoría de los organismos hallados en las islas fueran creaciones nativas y sólo existieran en ellas? ¿Y cómo congeniar el hecho de que dichos organismos mostraran una relación tan cercana con los del resto de América? No se parecían nunca a las de *allá*, a las del orbe elegido por el Creador. Parecían oriundas de *acá*, del sitio no elegido. Otra duda surgía con el hecho de sentarse simplemente a observar. Descubrir que estaba rodeado por elevaciones coronadas por su cráter en las que durante un periodo geológicamente reciente no había más que mar abierto... ¿no era esto prueba de la aparición inicial de nuevos seres sobre la tierra? ¿Qué diría el descreído ante esto? ¿Debía considerarse un descreído?

Con la cabeza zumbando, embotado, salía a cubierta. Después de todo, había que congeniar con los demás tripulantes: pasaba la mayor parte de sus horas en tierra. Se acercaba a quien estuviera por ahí, sin elegir a alguien en particular. Casi siempre comenzaba con una observación. Un comentario cualquiera. Describía la tortuga gigante vista en las Galápagos y cómo se había subido a su caparazón y cuántas veces ella lo había hecho dar con su humanidad por tierra. Se reía. Invariablemente. Volvía una y otra vez al tema de la tortuga gigante y las diferencias entre las especies de esas islas, a la extraordinaria mansedumbre de estos seres. Citaba la *Biblia*. Lo hacía deliberadamente, cuando se trataba de dirimir cualquier cuestión de orden moral. Un marinero que había arremetido a golpes contra otro, sin más razón que la bebida de caña que había ingerido a solas por la noche. Los oficiales del Beagle se reían de él y él en cambio reía por lo bajo. O bien, se aterraba. ¿Estaba citando la *Biblia* porque había descubierto sus errores? Se retiraba, sudando. Ese maldito mal, otra vez. Y, recostado en un repecho arenoso, en Nueva Zelanda y antes de proseguir a Sydney, Australia, pensaba otra vez en los extraños animales hallados en esas latitudes en comparación con los del resto del mundo. Llegó a una terrible conclusión. Sin duda, debía haber habido dos Creadores diferentes. Su objetivo, no obstante, era el mismo, y desde luego el fin de cada uno había sido completado. Se puso de pie y se sacudió la arena. El mundo había empezado a duplicarse.

Él, por ejemplo, ya era otro; o más exactamente, era él y era otro. Y así, todo lo que lo rodeaba. Un género idéntico pero especies diferentes. Y por pensar así, ya no le cabía ninguna duda: era un descreído. No diría nada de lo descubierto, claro está. En la esperanza de volver a ser uno. Cualquiera la tiene. Yo mismo albergué la ilusión de poder hablar con aquellos a los que llamaré mis padres sobre mi colección algún día. Imaginé situaciones y diálogos en que ellos podían apreciar los rasgos particulares de cada uno de los cuerpos que yo les mostraba en distintas vitrinas. Apunté las observaciones pertinentes que harían al acercarse a las frentes abombadas, por ejemplo, en comparación con las frentes calzadas, felices al ver las particularidades de dos compañeros de escuela con los que no pensaba hacer amistad y con quienes jamás hablaría. Entendiendo que mi nivel de interés era otro. ¿Por qué, según observé estando en los vestidores del colegio y según les comentaba en mi mente, el señor Pueblita, conserje, tenía el pecho hundido, como si le hubieran dado un hachazo, mientras Rubencito Zozaya, rico y rubicundo, parecía tener un tórax cilíndrico y lleno de redondeces? Pero estas posibilidades, sólo imaginarias, se enfrentaban siempre a la realidad de sus malas interpretaciones y a mi decisión inicial: lo mismo que el Padre de la biología, yo también llevaría dos vidas mientras pudiera.

Si me preguntan si tuve sospechas de mi peculiar interés en los cuerpos de otros les responderé que no. De niño, ignoraba cuál era el objetivo al que me llevaría mi nivel de observación, pero jamás me pareció algo aberrante o patológico. Mostrar curiosidad por los demás es un acto superior y noble, sobre todo, si se tiene un afán científico; rehuir a la observación de los otros, en cambio, es muestra de debilidad y de miedo. La cultura inventó el pudor para evitar la mezcla de unas especies con otras. Para la ciencia, esto carece de toda validez. Pero juzgar a los otros para mostrar la propia superioridad es un acto abominable entre quienes se dicen el último eslabón de la cadena. Aquel que se siente superior y descalifica a otros será humillado siempre, pues ¿quién tiene las agallas para sentirse triunfador de la especie donde todos hemos fracasado, como pronto haré notar? Los deseos de venganza del homínido por su propio fracaso están latentes en todos y se revelan de formas insospechadas en cualquier momento. Sin embargo, todo espécimen desea en su fuero interno congeniar con otros. La necesidad de aceptación como miembro de un clan es instintiva. De ahí que yo fantaseara con la idea de que los que se decían mis padres, primero, y luego mis maestros, comprendieran la urgencia de mi tarea y que más tarde esa opinión fuera compartida por todos ustedes, mi familia en el sentido biológico. Me armé de valor, al darme cuenta de que no sería así. Resistí las primeras humillaciones, los insultos. Planeé una forma de observar y tipificar, desde la atalaya de mi mente. Aguardé el momento en que pudiera guardar las muestras físicas de mi colección. Pero mientras no llegara el momento de hacerla pública, me limité, como Darwin a su regreso del Beagle, a reunir lo observado, clasificar y tomar notas.

Conservación

Cinco

—Señor Darwin, le tengo una mala noticia. El señor Grant no podrá asistir a la reunión. Me pide que lo disculpe.

El hombre de los ojos tristes intenta leer entre líneas. No ha hecho otra cosa desde que llegó a Christ College. Observar los rostros ansiosos, emocionados, atónitos en ocasiones, siempre dispuestos. Envidiosos a veces. Los *Homo sapiens neanderthalensis* frente al *Homo erectus*. Queriendo escuchar la historia de su increíble viaje. Pero sintiendo, también, una envidia secreta. Los humanos tienen fascinación por experimentar el peligro en cuerpo ajeno. Y tienden a admirar al miembro de la especie que se ha atrevido a arriesgar más, a ir más lejos. Aunque mientras lo admiran, aguardan en secreto el momento de ver su caída.

A pesar de las citas canceladas y las negativas de algunos ex colegas a recibirlo, los primeros días de su regreso los pasó en estado de euforia, disfrutando de los pequeños placeres prohibidos desde hacía cinco años. Un sofá cómodo y estanterías con libros de piso a techo, el tapete estilo oriental, rojo y mullido, un sitio donde asentar los pies ¡en tierra firme!; la iluminación idónea; una chimenea encendida desde la hora del té y todo el conocimiento posible a la mano: la biblioteca del Athenaeum Club, que ahora le parecía una verdadera *Terra incognita*, sembrada de sorpresas. Estaba dispuesto a pasar el invierno entre sus muros. Estudiando bajo la tutoría del reverendo Henslow. Y presentar sus exámenes de grado en marzo siguiente.

—Amigo Charles, lo he estado buscando; organizamos una cena en casa y queremos invitarlo para que acompañe al capitán FitzRoy a narrar sus aventuras en el Beagle…

Estaba decidido a seguir con su vida de estudio, pese a las interrupciones. De otro modo, su existencia se convertiría en una irremediable pérdida de tiempo. Ya había tenido suficientes muestras de alegría. Bastaba con la fiesta interminable organizada en su casa de Shrewsbury que inició en el momento en que lo vieron acercarse a la mesa del desayuno, al día siguiente de su llegada. Gritos de felicidad, alegría por todos los rincones, mucha celebración y algunos sirvientes borrachos. Preguntas sin fin. Insistencia en que resumiera casi cinco años de viaje y metiera sus experiencias en unos cuantos párrafos. Y con la cena en casa de Lyell (alegría aún mayor) donde tuvo el honor de conocerlo personalmente. Y con las tardes y noches departiendo con distintos amigos (en realidad, algunos de ellos perfectos desconocidos) en su antigua universidad. Realmente nada nuevo que añadir a la excitación inicial de volver y narrar algunos de los episodios climáticos de su viaje. Descubrir que no le aportan nada los rostros jóvenes que van y vienen por Cambridge y que otra vez cenar y vuelta a las historias de caníbales y a sus aventuras empezaba a aburrirlo.

El recuerdo del viaje era una copia exacta de lo ocurrido cuando soñaba. Cuando contaba historias, en cambio, y competía con FitzRoy en gracia y pasión, el viaje se tornaba libresco, inverosímil, atento de más a lo escabroso. ¿Cómo saber que no mentía? A fuerza de repetir un relato éste acaba por parecerse más al gusto de quien lo escucha que a lo vivido. Quería ir a Londres. No; no es que quisiera. Es que *necesitaba* ir a Londres. Para estar cerca de las sociedades científicas; para no caer en lo frívolo y trivial. Intercambiar ideas por historias. Y sobre todo: era de extrema urgencia acomodar los ejemplares de su colección y exhibirlos.

Los museos están llenos, le dicen, no es el primero en traer a Londres especímenes raros de las colonias británicas. No hay vitrinas disponibles. Trata de convencerlos de la importancia de lo que ha reunido; no sabe cómo. La cena con Lyell le ha producido un beneficio inmenso: le ayuda a encontrar a quienes se ocupen de clasificar algunas muestras, aunque no todas. La mayor parte de sus adquisiciones está embalada aún y sin posibilidades de ser exhibida.

Mienten quienes dicen que el logro de Darwin estuvo en sus relaciones y en los méritos de quienes hicieron la clasificación. Que él manipuló la nomenclatura. Que confundió, en favor de su teoría, variedades con especies. Que la gloria del científico está en quienes lo rodean y, sobre todo, en no darles crédito.

Como Darwin, yo también tuve quien me ayudara. Fue sólo un hombre, a diferencia de las decenas de geólogos, botánicos, naturalistas y dibujantes que el genio del Beagle consiguió. Son otros tiempos. Yo lo comprendo. Por eso mismo, reconozco mi fortuna, pese a mi situación, y agradezco que mi ayudante haya podido huir. Me basta con saber que puso el conocimiento tecnológico al servicio de la ciencia, la verdadera ciencia. Maestro de las herramientas digitales, *webmaster* y *hacker* de excepción: Darwin te bendice. Mi agradecimiento eterno, donde quiera que estés. Y mi deseo de que encuentres (así sea de modo indirecto) a alguien que deseé continuar mi tarea.

Contra lo que se dice, reconozco la responsabilidad del científico al asumir las consecuencias de sus actos y deslindar a quienes lo ayudan. Por eso, para no hacer al hombre que llamaré Anónimo recibir un castigo que no se merece, es que no doy sus señas. Sé que Darwin ocultó muchos datos y sobre todo, muchos nombres, por una razón idéntica. No podía saber qué consecuencias traería el haber llegado a las conclusiones que avizoraba, aunque a veces pareciera vislumbrarlo. Prueba de ello es que muchos seguían viendo en él a un futuro clérigo. Y él no los desmentía. El que Darwin no diera crédito a nadie más obedece, como en mi caso, a un acto de precaución y si se quiere, de modestia.

Seis

Atado al magnífico sillón de roble con terciopelo rojo de la biblioteca, el hombre de los ojos tristes escapaba con el pensamiento a un mundo de fábula y aventura, lleno de peligros, donde se encontraba con el fabuloso toxodon, uno de los seres más extraños jamás descubiertos, una suerte de elefante de otro planeta, o veía la marcha de hormigas legionarias que formaban una hilera de noventa metros de largo arrollando un lagarto; o veía al ñandú, al cóndor y al papagayo y era capaz de escuchar el canto de la calandria, un canto superior al de cualquier otra ave. Pero enseguida la visión de aquel pájaro se nublaba para dar paso a la lucha tenaz de la avispa *Pepsis* con una araña *Lycosa*. Todo era un combate a muerte, una relación predador-presa donde la apariencia disfrazada era necesaria a cualquier criatura para sobrevivir. El mundo era terrible, hostil; mucho más de lo que había supuesto antes de partir a su viaje, aunque también más insondable: ¿por qué cuando un puma ha sido descubierto y es vigilado por su presa pierde por completo el interés de acosarla? En esa otra realidad luchaba por mantener la cordura y registrar esos prodigios para sí. Era como si escribiendo sobre aquello y *describiéndolo*, dibujándolo, pudiera por momentos ser lo otro, aquello tan diverso, y al convertirse en algo tan distinto lo comprendiera. Sólo de ese modo podía mantener su ser intacto, a diferencia de sus pares que habían perdido la razón, como el anterior capitán del Beagle, o como quienes se habían dado a la bebida y a otros vicios, o a la fuga incluso. A través de sus breves, pero consistentes apuntes cotidianos, fue esclavo en el Brasil y esclavista sin serlo. Repudiando, a través de la descripción, todo aquello que no sería. Pero fue también planta, hoja, pistilo, espora, trozo de caracol, habitante mineral del mundo extinguido hacía millones de años y no obstante vivo a través de una huella fósil. Envidiaba al salvaje del mismo modo que lo despreciaba. Una mañana fue al atolón donde halló, o creyó hallar, el origen de la vida, y aun sabiendo que esta extraordinaria experiencia sería fugaz y única, pudo darse cuenta del milagro de haber sido parte de *eso* por un momento. "Ser naturalista es lo más cercano a ser un sabio que he conocido", dijo un hombre que entró en contacto con él en su viaje por América del Sur. Para él, ser un naturalista era ser partícipe del Creador, de su espectacular proyecto. Aunque cada día dudara más de la idea misma de un creador. Compartir el prodigio de ese cuadro vivo, infinitamente variado, de ese tapiz que era el mundo y las criaturas que lo pueblan.

La fiebre de los recuerdos no lo dejaba reintegrarse a una vida normal. El viaje lo había trastornado y lo condenaba a vivir y revivir una y otra vez lo que había tenido lugar en los últimos cuatro años y meses, recreando las imágenes y reviviendo sensaciones ya fuera en forma de sueños, de pesadillas o recuerdos. Pero tan vívidos, que cuando caminaba por Cambridge y se hallaba en un aula, creía estar en la estepa argentina o en la selva amazónica, observando animales en lugar de personas. Éste parecía un gliptodonte, aquélla una temible avispa, el reverendo Mathew un cotorro, por su apostura y falsa dignidad. Con toda la admiración por la campiña inglesa, hasta el verdor de los prados y las flores mismas, por no hablar de las personas del viejo continente, le parecían menos interesantes, menos sorprendentes. No asaeteaban la vista, no excitaban su olfato ni despertaban su interés por tocarlas. Cuando hemos conocido —cuando hemos probado— demasiadas cosas, y muy diversas, nuestros sentidos no se acostumbran ya a lo convencional. Los gustos de otros nos parecen insulsos. Y necesitamos más. Experiencias que expandan la sensación de infinito y el agobio con que el mundo empieza a asfixiarnos cuando se angosta. Los temores de Darwin en torno a la vida lúgubre y falta de sentido de Londres parecían concretarse en el hecho de que se rehusaba a admitir que él había cambiado con el viaje y junto con él, el mundo. El *Orbis terrarum* no era el mismo después de su formidable viaje. Ahí estaban las muestras de los especímenes recién traídos para dar prueba de que en la tierra había más, mucho más de lo que los hombres creían. Había descrito los hábitos de las especies vistas, aunque no con la suficiente minucia. Por falta de tiempo. Y es que o reunía todas las especies que pudiera a lo largo de cada uno de sus días o las describía, y había optado por lo primero, por reunirlas. Ya vendría el tiempo de la clasificación. Y ese tiempo era éste, era ahora. Pero ¿cómo hacerlo? ¿Cómo escapar del bullicio londinense, por dónde empezar?

Gentleman de la ciencia y hombre jovial y reconocido, ahora trastabillaba. Pretendía huir. Ansiaba volver a los años de infancia en que podía estar horas sin ser interrumpido, observando. Debía reordenarse. Se impuso una disciplina: sacar fuerzas de aquellos recuerdos y buscar un sistema. Empezó a formular teorías, sabiendo que éstas no servirían de nada si carecían de un método. Pero por algún lado debía empezar. Decidió ir de lo más simple a lo complejo, sin descartar ninguna situación, por nimia que pareciera. De modo que procedió: ¿Debía casarse, sí o no? Estaba en edad. Era una pregunta pertinente. Escribió en su cuaderno de notas:

Casarse o no casarse.

Enlistó los argumentos contra el matrimonio. Con él llegaban una serie de inconvenientes igual que se adquirían obligaciones odiosas, muchas cosas se perderían:

Libertad de ir a donde uno quisiera.

Elección de la vida social y poco de ella.

Conversación con hombres inteligentes en los clubes.

Verse forzado a visitar parientes, y a ceder ante cualquier nimiedad.

Tener el gasto y la ansiedad que causan los niños.

Quizá pleitos.

Pérdida de tiempo.

No poder leer por las tardes.

Gordura y ociosidad.

Ansiedad y responsabilidad.

Menos dinero para libros.

Si hay muchos hijos lo fuerzan a uno a ganar el propio pan. (Pero es muy malo para la salud trabajar demasiado.)

Quizá a mi mujer no le guste Londres, entonces la sentencia es destierro y degradación en la indolente, ociosa bobería.

Dejó la plumilla sobre el papel secante. Suspiró. Luego de unos instantes, retomó el manguillo y mojó la punta en el tintero.

Había argumentos en favor de ese estado civil, también. Los enlistó:

Hijos (si Dios quiere).

Compañía constante, que se sentirá interesada en uno (una amiga en la vejez).

Objeto para ser amado y jugar con él (mucho mejor que un perro).

Hogar, y alguien que cuide la casa.

Los encantos de la música y del chismorreo femenino.

Estas cosas buenas para la propia salud pero una terrible pérdida de tiempo. Dios mío, es impensable pensar en gastar la propia vida, como abejorro, trabajando, trabajando y nada más después de todo. No, no resultará. Imagina vivir todos los días de manera solitaria en una Casa Londinense sucia y llena de humo. Sólo mira a una esposa buena y de modales suaves en un sofá junto a un buen fuego, y libros y música tal vez —compara esta visión con la lúgubre realidad de Grant Marlboro Street.

¡Cásate! ¡Cásate! ¡Cásate! *Q. E. D.*

Dejó las siglas en latín como signo de la prueba demostrada. *Quod erat demonstrandum*. Y al final, sabiendo que daría el salto, escribió algunas palabras de consuelo:

No importa, mi niño. Anímate. Hay muchos esclavos felices.

Maer, Staffordshire, 30 de julio, 1838

Afectísimo Reverendo John Allen W:

Desde que conozco a mi marido, el honorable Josiah Wedgwood y de esto hace ya muchos años, no he tenido motivo de queja hacia su profesión ni puedo pensar en argumento alguno para denostar al gremio del que forma parte, la ilustrísima comunidad científica. Como usted no ignora, el Señor selló mi destino al unirme en sagrado matrimonio con un hombre de ciencia, un lazo sin más recompensa que el amor mutuo y desinteresado que ha dado sus frutos en el justo reconocimiento de mi esposo y en la prole de la que me enorgullezco. En los años de unión conyugal no ha habido asomo de arrepentimiento ni tarea suya o decisión que haya tenido que cuestionar. Su trabajo ha sido objeto de asombro y ponderación, acaso excesiva, de mi parte, como lo demuestran las noches en vela a su lado, después de haberme ocupado de la casa y los hijos, dándole ánimos y sirviéndole inacabables tazas de té. Si algo me inspiran sus afanes y los intachables miembros de la comunidad que a través de mi esposo he conocido, es respeto, cuando no franca simpatía. No obstante, me es necesario decirle que desde que conocí al joven Charles Darwin tuve mis sospechas. A pesar de la relación de parentesco que por fuerza existe entre ambas familias, no puedo ignorar mis impresiones negativas hacia su proceder ni puedo negar que éstas datan de sus años mozos. Desde las atropelladas conversaciones donde el joven se obstinaba en abundar demasiado sobre el comportamiento y constitución de ciertos especímenes previamente estudiados por mi esposo hasta el hecho de contradecirlo abiertamente y cuestionar las conclusiones a que mi marido había llegado, todo ello me causó siempre una viva repulsa. Ignoro si mi esposo sentía lo mismo; es demasiado prudente y nunca lo habría dicho. Fuera esto cierto o no, Josiah pudo poner distancia a nuestro sobrino, sugiriendo a su padre, el eminentísimo doctor Robert Darwin, que lo enviara en un bergantín de cuatro velas a una expedición que duraría varios años. Eso me dio un respiro. No por mucho tiempo, es cierto, pues apenas pasados unos meses, Charles comenzó a enviarle cartas desde los lugares más lejanos del orbe donde le informaba de todo aquello que iba encontrando a su paso. Y no contento con ello, tiempo después se dio a la tarea de hacer envíos de cuanto se imagine: huesos, caparazones, cadáveres, piedras y a atosigarlo con extrañas teorías y peores conclusiones. La última novedad consiste, según me refiere mi esposo, en cuestionar la creación de las distintas criaturas que evolucionaron en los territorios del globo según el designio divino. Desde el regreso de su viaje a Londres, a través de dichos y comentarios ha mostrado su asombro por criaturas vistas en ciertas islas de la zona equinoccial que según dice no tienen antecedente ni parangón en otra parte del orbe. ¡Como si las especies no hubieran surgido al mismo tiempo, tal como está asentado en la Biblia! Pero ahí no terminaría su descaro ni su falta de escrúpulos. Ayer por la tarde, de buenas a primeras, vino a Maer a pedir la mano de mi hija Emma, a quien apenas conoce, aunque se hayan visto desde niños. Las causas que adujo eran de índole exclusivamente práctica: según explicó, con ella le sería más fácil trabajar en sus investigaciones, además de que la vida en pareja era lo que convenía a su personalidad e intereses. Por otra parte, Emma haría una excelente madre. Y como son primos sólo en segundo grado, la descendencia no se vería afectada por las taras e imperfecciones propias de la cruza entre especies cercanas en grado de parentesco y en cambio esto garantizaría una educación similar entre ambos cónyuges. Ya antes había yo sabido por una sirvienta que alguna vez Charles se atrevió a hacer una chanza en torno a la falta de higiene de su prima, ¡mi hija!, como si esto no fuera una falta imperdonable y como si él mismo fuera un dechado de pulcritud y buenos modales. Por si todo esto no fuera suficiente, aparte de la petición de mano no ha habido mayor cortejo, ni promesa de recepción nupcial ni se ha hablado de dónde piensa fincar su residencia. Y lo que es peor: Emma no ha sido clara en su negativa.

No ignoro que la vida del científico dista de los escrupulosos rituales de un caballero mundano. Pero una cosa es que su profesión lo aleje de una existencia llena de adornos y miramientos y otra muy distinta que alguien pueda elegir esposa como si se tratara de sacar un espécimen cualquiera de su vitrina. También he sabido que la relación de este hombre con quien fue el capitán del barco donde navegó y quien sufragó parte de sus gastos y aun participó con una cantidad importante para la publicación de lo que será su primer libro se deteriora a pasos agigantados. Charles parece estar llevándose todo el crédito de la expedición. Comienza a sostener puntos de vista ajenos a sus antecesores científicos y de manera alarmante a los de la religión misma. Y con todo, mi marido, ese venerable apóstol de la ciencia a quien hasta hoy he tenido por cabal y sensato, parece estar dispuesto a poner a nuestra hija como mariposa en la piqueta. ¿Cómo podrá volar, cómo encontrará la forma de sobrevivir a esta vida que se le presenta? Veo tan dócil a mi Emma, tan inerme e incapaz de contradecir la voluntad de su padre y tan pronta a ir al matadero que el corazón me da vuelcos y amenaza con darme un susto.

Por eso me he atrevido a escribirle. Yo tampoco me veo en posibilidad de contradecir a mi esposo, ni me he negado jamás a su voluntad. Pero esto me desborda. Ruego a ud. me dé su consejo y le pido su intervención, si hubiere lugar. Le pido también, en honor a la prudencia, que al terminar esta carta la destruya.

Suya, afectuosamente,

Elizabeth Wedgwood

P.D.

De tener que llevarse a cabo este enlace, ¿qué posibilidades tiene mi hija Emma de sobrevivir a esta nueva vida?

¿Imagina usted las consecuencias de dar semejante salto?

La selección natural obra exclusivamente mediante la conservación y acumulación de variaciones que sean provechosas, en las condiciones orgánicas e inorgánicas a que cada ser viviente está sometido en todos los periodos de su vida. El resultado final es que todo ser tiende a perfeccionarse más y más, en relación con las condiciones. Este perfeccionamiento conduce inevitablemente al progreso gradual de la organización del mayor número de seres vivientes en todo el mundo. Pero aquí entramos en un asunto complicadísimo, pues los naturalistas no han definido, a satisfacción de todos, lo que se entiende por progreso de la organización.

Ch. D.

Caso cuatro
El salto evolutivo

Voy al sicoanálisis porque no encuentro solución a mis problemas. Sobre todo a uno, al que llamo Magno Problema, del que se desprenden los males restantes, como del Primer Motor Inmóvil, según Aristóteles, derivan las demás criaturas. Explico que estoy ahí porque no quiero tomar pastillas (la verdad es que ya las tomé) y que no estoy convencida de probar otros métodos (que ya intenté, sin mostrar ninguna mejoría). No sé por qué me ocurre esto tan terrible, digo, y lo que me causa más desesperación es que estoy segura de haber jugado limpio: soy buena en el buen sentido del término. Pero ¿existen las personas buenas?, pregunta el doctor Sifuentes, qué es la bondad, cómo la define. El doctor Sifuentes es un hombre ligeramente obeso, con lentes no muy grandes pero tampoco pequeños, guapo o francamente feo a causa del bigote espeso que puede ser viril aunque también bastante repulsivo dependiendo de que mire de frente o de tres cuartos. En resumen: alguien a quien defino como "casi". Aunque no he perdido la esperanza de que pueda ayudarme. Debe poder. Tiene la técnica. Si el hábito hace al monje, la técnica hace al sicoanalista, pienso. La del doctor Sifuentes se basa en hacer preguntas. Defina la belleza, la verdad, cómo sabe que es cierto lo que dice. Cada vez que hago una afirmación, cualquier afirmación, él brinca. ¡Compruébelo!, se exalta un día, cuando al definir a mi ex esposo le digo que se trataba de un hombre bien parecido.

No tenía una fotografía a la mano, no tenía nada con qué demostrarlo salvo mi palabra. Pero en terapia las palabras valen bien poco: quieren decir otra cosa, a veces algo parecido o incluso lo opuesto. Hay ocasiones en que significan lo que dicen significar, aunque esto es dificilísimo saberlo. El doctor Sifuentes parte del principio de que un paciente nunca está diciendo lo que dice porque dentro de las palabras hay algo más. Ésta es su piedra de toque, su gran angular. De modo que desde que inicié la terapia tengo la sensación de estar mintiendo todo el tiempo. Me queda una esperanza, eso sí. Aunque dado lo volátil de los significados quién sabe si será legítima. Y ¿vale la pena tener esperanzas en estas condiciones?

¿Qué hace de Hitler un hombre malo?, el doctor interrumpe mis cavilaciones. ¿Cómo dice?, pregunto, sorprendida. Es otra parte de su técnica. Se llama "descolocar al paciente". El doctor Sifuentes anota todo lo que ocurre durante la sesión en una computadora portátil. Lo hace en tiempo real, de modo que la sesión se reduce a casi la mitad. Diálogo, anotación, diálogo, lectura. A veces, al doctor Sifuentes le toma un poco más de tiempo anotar porque invierte la sintaxis. Abandonado hogar él conyugal ha silencio el en, dice. Repítalo. Lo hace para que mi mente le dé un peso desdramatizado a las frases. Distinto. Se llama técnica ericksoniana, es un principio parecido a la hipnosis pero con diferencias sustanciales. Una de ellas es que el paciente está despierto y consciente y por tanto no hay posibilidad de engaño, me explica. Un paciente nunca hará nada que no quiera. Además de poner en práctica estas teorías, el doctor Sifuentes también me da a leer libros. *Volando solas a los treinta. Amar demasiado es una patología femenina.* Luego me hace preguntas sobre la lectura. Nunca pregunta si me gustó el libro o no. También me insta a repetir postulados. Es para cambiar su estructura mental, me explica. "El príncipe se convirtió en sapo porque *era* un sapo". ¿Qué opina de esto?

—Es que en las mañanas no me puedo levantar —respondo sin poder añadir más.

Él bufa, niega con la cabeza, anota furibundamente aporreando las teclas.

Un día en que no paro de llorar, me lleva al fondo del consultorio y señala un nicho entre el escritorio y la ventana en el que hay una pintura. Es un perro enseñando los colmillos. Es mi animal chamánico, me explica. Elija el suyo. No tiene que hacerlo ahora. Tráigalo la próxima sesión. Esperemos que con eso se pueda ver el avance de lo aprendido.

Gusanos, lombrices, larvas que nunca se convierten en mariposas. Esto es lo único en lo que puedo pensar. A la semana siguiente, él me cuestiona y yo hago un gesto afirmativo. Digo estar lista. He elegido a Gregorio Samsa. ¿A quién? Me da vergüenza decir la palabra "cucaracha". Una criatura que sólo piensa en ir al trabajo pese a su condición, le explico. Pero él niega mientras transcribe. No puede ser un personaje literario, dice, eso ni siquiera puede considerarse un animal. No sirve para nuestros fines. Recarga el brazo en el escritorio y pone la mano en la barbilla. ¿Y bien? Yo trato de defenderme. Freud dice que sólo hay una forma de salir de un pozo sin fondo, a través del trabajo. Pulsión de autoconservación, la llama. El sentido del trabajo intelectual o mecánico es aliviar la carga que el sacrificio de existir impone a los seres humanos. Pero el doctor Sifuentes no cree en el Padre del sicoanálisis. Lo llama "El curandero de Viena". Se da un tiempo para anotar algo en la computadora y levanta la vista con gesto triunfal, complacido. Las técnicas freudianas están ya rebasadas, me informa. El sicoanálisis tradicional probó su fracaso al no ser capaz de resolver los conflictos. Después de tratamientos que podían prolongarse por años, los pacientes seguían con los vicios de siempre. Sólo habían aprendido a enunciarlos en una jerga distinta. Mírese usted: es el vivo ejemplo de lo que digo.

Me explica por qué, pero sus intuiciones son erróneas. No, no es por la pareja, digo. No, tampoco tiene que ver con la familia. Simplemente sola, sola de todos. Es una soledad radical, esencial. No, no creo tener una actitud negativa. Sí tengo amigos. Más bien siento que hablo otro idioma, el idioma de los solitarios, un idioma que se conjuga en singular.

¿Alguna vez ha sido diferente?, me pregunta por fin, levantando la cabeza del teclado con bastante fastidio. Le digo que sí y él suspira.

Hago un esfuerzo por recordar cuándo fue. Le hablo de mis ocho punto cinco dioptrías. Le explico cómo antes no era capaz de distinguir a una persona a medio metro de distancia. El mundo estaba lejos. Me sometí a una operación y al principio creí que mi problema se solucionaría. Tras una noche de dolor casi insoportable retiré las conchas protectoras con que me habían cubierto los ojos y para mi asombro descubrí que los objetos estaban demasiado cerca. Me acosaban, o casi. Esto me dio alguna esperanza. Creí que me haría una con ellos. "Pertenezco", pensé, ilusa. Pero al tercer día la magia se había roto. No dejé de ver las cosas con nitidez, recuerdo haberme quedado mucho tiempo observando con fascinación la hoja de un árbol movida por el viento. Pero los objetos no tenían que ver conmigo. Estaban apiñados, eso era todo. Simplemente era un asunto de sobrepoblación.

El doctor Sifuentes teclea y teclea tratando de seguir la velocidad de mi relato, mira la pantalla, cada vez se muestra más desesperado: Independencia es falta de pendencia; Individualidad es igual a amistad, improvisa. Lloro y trato de repetir, él cambia súbitamente de frase: Compañía yo mejor soy mi; Feliz sola estoy lóbulo frontal emociones mis gobierna, pero algo se rompe y antes de ser capaz de juntar los trozos sin poder contenerme exploto: ¡Pero si lo que quiero es estar con Alguien! YO PLACER FUENTE SOY DE, levanta la voz, ¡Aunque sea mi enemigo!, grito. Él se detiene y me mira con incredulidad. Extiende el cuello como si quisiera alcanzarme y casi en un susurro dice: con todo respeto; es usted una estúpida.

Que mi ex esposo dijera lo mismo y yo viniera a referírselo al doctor Sifuentes era una cosa, pero que él me lo dijera y yo le pagara por eso era otra. Tomé mi abrigo y sin decir palabra abandoné el consultorio sintiéndome un escarabajo heroico. Alguna vez me sorprendí pensando con gusto en su expresión de azoro cuando me vio salir sin pronunciar palabra. Pero el vacío continuó. Por eso, cuando me recomendaron a la terapeuta Manzano, quise darme una segunda oportunidad.

A diferencia del doctor Sifuentes, que tenía un consultorio asfixiado en medio del cubo de un elegante edificio, la doctora Manzano atendía en su casa. No en su casa-casa sino en un saloncito que estaba al final del pasillo y daba a un minúsculo jardín. Esto me dio alguna esperanza. Falsa, como comprobé desde la primera sesión, pues la doctora Manzano fumaba sin descanso y atendía a sus pacientes con las ventanas cerradas. Se paseaba de un lado a otro de la habitación, como una chimenea ambulante. Después de dar dos vueltas en silencio, por fin se sentó. Tomó el cenicero de la mesa lateral, retorció la colilla del cigarro y encendió otro enseguida. Ahora cuéntame, dijo expeliendo el humo con lentitud, cuál es tu problema. Su técnica era inobjetable. No enjuiciar, no hacer preguntas, no obligar al paciente a decir nada que él mismo no quisiera. Dejarlo representarse. Explicó: se llama psicodrama. Consiste en la libre asociación de ideas para permitir que de ese modo hable el inconsciente. Sólo que el paciente no está facultado para hablar de lo que quiera. Es la terapeuta quien asigna un rol que debe asumir el conflictuado, quien actúa como el personaje o el objeto de su elección. Cuál es tu problema. Observé sus dedos amarillos y las encías algo retrepadas bajo los ojos benévolos. Mi problema es que no sé por dónde empezar, dije. Ella sonrió. Siéntate en medio de la habitación, me animó, allá, entre los cojines, en el piso. ¿Qué soñaste anoche? Me acomodé como pude y traté de recordar. Es difícil de describir, dije. Pero ella no se inmutó: inténtalo. Hice acopio de voluntad, tratando de no pensar en el número de caladas que daba a su cigarrillo, ni en la espiral gris que iba cubriendo el consultorio hasta tornarse una nube densa, como aviso de una próxima tormenta. Cerré los ojos. No sé dónde estaba yo, inicié. En el sueño. Pero había un bosque, de eso me acuerdo, y en cierto momento apareció una escalera. Los abrí. La terapeuta Manzano extendió el brazo y sonriendo, dijo: adelante. Tú eres la escalera. Al principio no entendí qué era lo que debía hacer. Miré en todas direcciones y fijé los ojos en el jardín, como buscando consuelo. Al menos no me había dicho estúpida. No necesitaba hacerlo, en cuanto cerré los ojos y dije: Soy una escalera, pude experimentarlo por mí misma. Y qué más, la voz de la terapeuta Manzano se oía susurrante. En ese momento me di cuenta de que me había equivocado y que era demasiado tarde para huir. Ella repitió: soy una escalera... Sus palabras llegaban por oleadas, insinuantes como las volutas de humo de su cigarrillo. Soy una escalera... repetí como una autómata; la miré invadida de una sensación entre aterrorizante y embarazosa. ¿Cómo te sientes?, me animó. Siendo una escalera, digo. Cómo estás. Di: soy una escalera y estoy... La imité: soy una escalera y estoy... ¡¡Sola!! dije con indignación, ¡estoy sola y no sé qué hago aquí porque no hay un sitio a dónde subir o del cual bajar!, miré en todas direcciones, ¡no hay un edificio, ni una casa, nada, sólo yo que soy una escalera en este bosque oscuro donde no se puede ni respirar! Qué más. Las volutas de humo de la terapeuta Manzano se habían hecho tan espesas que costaba trabajo terminar las frases sin toser. ¿Qué más?, la miré rencorosa. Que todos pasan encima de mí, me pisan con sus pies lodosos, me dejan en la más absoluta indefensión, el llanto brotó como si alguien le hubiera abierto una compuerta... ¡y por si fuera poco me asfixio!, solté por fin junto con el acceso de tos que había estado reprimiendo. Al abrir los ojos, descubrí que la doctora Manzano se mostraba a sus anchas, como si hubiera cumplido su misión. La semana siguiente acudí a una segunda cita y tras la pregunta de la terapeuta Manzano le dije que no había soñado nada, pensando que así me libraría de caer en la trampa anterior. ¿Segura que no soñaste nada? Nada, dije. Pero ella señaló su montón de cojines y dijo con una sonrisa aún más amplia: Adelante, eres la nada.

Por qué abandonó esa segunda experiencia, me preguntó el doctor Pi cuando le hice el relato de mis anteriores tratamientos. Porque era una ofensa. Una ofensa por qué. Lo miré pensando en que lo mío no tenía remedio y seguir por estos caminos era inútil. Porque matar de asfixia a un paciente sin permitirle expresarlo es, cuando menos, una ofensa. Y por qué no le dijo que dejara de fumar, preguntó el doctor Pi con naturalidad. ¡Porque estaba en su casa!, repliqué desesperada. ¿No lo entiende? El doctor Pi asintió. Ya se había hecho una idea. Después de esa sesión ya podía dar un diagnóstico. Mi problema era que sólo me había situado de un lado de la ecuación: la bondad. Yo había sido la buena, *ergo*, la víctima y a los buenos *nunca* les va bien en los cuentos. Para qué voy a negar que me identifiqué. Por fin alguien me había escuchado, por fin había Alguien ahí. Mi problema es que soy una persona buena en el buen sentido de la palabra, dije, y él respondió: Antonio Machado. Otra vez había dado en el centro de la diana. No sólo era perspicaz: el doctor Pi era un hombre culto. Lo que vino después fue sin embargo menos claro: Mala. Eso dijo el doctor Pi que debía ser. Debía aprender lo que era la maldad y ejercerla como algo natural, aceptando que es una de las características intrínsecas de la persona. Me reí como no lo había hecho en meses, sin contar con que nunca me había reído con un terapeuta. Le estoy hablando en serio, dijo. Hay técnicas para ello. La primera es ejercitar la memoria. Cuántos actos buenos recuerda haber llevado a cabo que tuvieran resultados catastróficos. Fruncí el entrecejo; me concentré. La verdad era que podía recordar más de uno.

El amigo aquél que valiéndose de mi generosidad me robó el puesto en el trabajo. Aquel otro a quien le presenté a mi esposo y me cambió por él. Una prima hermana que nunca entendió que situarme por debajo de ella era una forma sutil de halagarla y me hizo siempre sentir un despojo. El doctor Pi asintió:

—Haz el bien y no mires a quién es un enunciado que adolece de un defecto grave —dijo—. Carece de dirección.

Recliné la espalda en el sillón y me dispuse a escucharlo.

—Si decimos que no hay mal que por bien no venga, algo que no tiene un fundamento, podríamos afirmar con la misma seguridad que no hay bien que por mal no venga. Tiendo a creer que esto último tiene una dosis de verdad mayor.

Suspiré.

La memoria de la bondad es también la memoria del espanto. Ahí tiene el descubrimiento de la energía nuclear que llevó a los desastres de Hiroshima y Nagasaki. Wernher von Braun, el célebre ingeniero que hizo el cohete que llevó al hombre a la luna, fue el mismo que hacía los misiles en los campos nazis y a quien los norteamericanos llevaron a la NASA tras la guerra. ¿Y qué opina de la bondad humana al enviar a la perra Laika y al mono Han al espacio? Si a usted el ejercicio de la bondad le ha traído tantas desgracias podría subvertir el esquema, aunque fuera sólo por cambiar. Podría intentar acercarse a otros paradigmas. Pensar, por ejemplo, que la bondad puede recibir otros nombres. Para Schopenhauer también se llama cobardía; Séneca la ve como pusilanimidad. Desde el punto de vista de la biología es una actitud de defensa de los primates menores.

La seguridad con que el doctor Pi exponía sus ideas me desarmó. Aunque había algo que me violentaba en principio, otra parte de mí quería convencerse o estaba ya convencida. Al ver el argumento puesto en blanco y negro me di cuenta de mi exageración. No había sido buena *siempre*, en todo momento y lugar, dije. Sin duda me había hecho pasar por buena en algunas ocasiones en que el impulso que guió mis actos fue esa cobardía de la que él estaba hablando. Él debería entender que lo que dijera en su consultorio llevaba la huella de haber sido dicho en mi situación actual y por tanto con el espíritu en los suelos.

¿Por qué se disculpa?, preguntó el doctor Pi, indignado. Empecemos por ahí: nunca vuelva a justificarse o a justificar a otros. La bondad genera catástrofes, ¿no lo entiende? No daré más ejemplos porque cada uno lleva en su ser al buenote que le ha envilecido la existencia. Miró su reloj, sin reparar en la ansiedad que ese ademán me producía. Pero, ¿por qué debo ser mala?, insistí, aunque ya la pregunta parecía absurda. Porque el mundo es hostil. Y la muerte está siempre al acecho. Lo que debería aguzar nuestros sentidos y sin embargo es exactamente al revés. La edad nos atrofia y reblandece la sensibilidad. Por eso.

Por primera vez lo noté: el doctor Pi era un hombre interesantísimo. La seguridad con que se plantaba y la claridad de sus argumentos no me habían permitido observarlo con detenimiento. Frente prominente, nariz ancha, mandíbula que tiraba hacia delante, ojos hundidos y nostalgiosos, como el recuerdo de una especie de la que fuera el último ejemplar. Su sabiduría venía de algo más que la erudición o una labor ejercida a conciencia. Él mismo parecía tener un conocimiento adquirido por siglos.

Usted justifica su fracaso oponiéndole el nombre de bondad, dijo. Pero si al momento de relacionarse con alguien aceptara sus posibles actos nefandos se haría inmune al desencanto. Sólo los cínicos y maliciosos, por no hablar de los grandes malvados de la historia, han sobresalido en algo o bien han tenido momentos verdaderamente felices. Séneca, que era en realidad un cortesano, pudo distinguirse del resto por haber ayudado a Nerón y ahora ni quien se acuerde de eso. Maquiavelo demostró con creces el daño terrible que los gobernantes bondadosos hacen a sus pueblos.

Terminó la sesión con una frase que me impresionó más que todo. Piense en esto, me dijo: hay especies de esporas que evolucionan gradualmente de un estado concreto a otro cualitativamente distinto para sobreponerse a medios adversos. ¿Y por qué va a mostrar mayor inteligencia una espora? ¿Qué sentido tendría que una espora estuviera mejor dotada que usted?

Asentí convencida, sintiendo cómo crecía mi entusiasmo; ansiaba que la próxima sesión llegara cuanto antes. Al momento de despedirnos, le hice una petición: cómo podía empezar, con qué método.

—En su situación, las películas de Bette Davis son lo más recomendable —dijo—. Dedíquese a verlas.

—Pero… ¿debo hacer algo durante la proyección o después? —pregunté. Él respondió con seguridad—: Sólo véalas.

Como ya estábamos en el marco de la puerta y, en sentido riguroso, fuera de la sesión, el doctor Pi se dio tiempo para hacer una broma: Veo en usted un gran potencial para la maldad, dijo. Salí exultante y dispuesta a cumplir con la tarea asignada al pie de la letra.

De más está decir que llegué sobrepreparada a la siguiente cita. No sólo había hecho lo que me recomendó, había pensado durante la semana en la historia que le contaría. Después del saludo de rigor y la invitación a tomar asiento, percibí la intención del doctor Pi de preguntarme sobre las películas. Pero yo me adelanté con mi historia.

Me llegó el ofrecimiento de una tarjeta de crédito de un banco, dije. Un ofrecimiento que ni había pedido ni necesito. Él asintió. Sentí que me escuchaba realmente, así que proseguí. Como conozco los trucos de esos usureros multinacionales sin rostro que son los bancos, le comuniqué al empleado de la sucursal que no quería la tarjeta. Él no admitió mi argumento y me dijo que tenía que aceptarla. ¿Ah sí? ¿Y por qué?, pregunté. Porque no era la respuesta a una solicitud de mi parte, dijo sino un privilegio. Una suerte de compensación por mi impecable historia crediticia. ¿Y por qué cree usted que tengo esa historia, como dice usted, tan limpia?, insinué, moviendo ligeramente la cabeza. Después apoyé los brazos sobre el escritorio, acercándome a su rostro sorprendido. Porque no vivo de prestado, le dije. No acepto ni aceptaré de extraños nada que no quiera. El doctor Pi cruzó las manos sobre el pecho, en apariencia complacido. El empleado del banco trató de forzarme, continué, me dijo que si no aceptaba la tarjeta, cuando menos tenía que firmar el contrato de recibido. Pero, ¿sabe?, no tengo un pelo de tonta, me negué a poner mi firma. El empleado llamó al gerente, el gerente volvió con lo de la historia de los privilegios, yo con mi negativa a firmar ningún documento, pues sabía que los bancos cobran por manejos de cuentas que los clientes ignoran que tienen y de las que es imposible deshacerse, como le dije. En resumen: no me dejaban salir de la sucursal.

Al llegar a este punto, el doctor Pi se mostró visiblemente alterado y golpeó la mesa con rabia, como si se tratara de una ofensa que hubieran hecho a su persona.

—¡Claro! —dijo, poniéndose de pie—. ¡Todo mundo busca aprovecharse de quien se deja! No podemos descuidarnos un segundo porque el gobierno, el vecino, el hombre de la calle o el imbécil que conduce el auto delante de nosotros busca la forma de arruinarnos. ¿Sabe lo que habría hecho yo en su lugar? ¿Lo sabe? Habría roto el contrato y me lo habría tragado.

—Eso fue lo que hice —dije—. Como lo oye. Rompí en trozos el papel y los fui metiendo en mi boca. Por supuesto, después del segundo bocado me dejaron salir de la sucursal sin problema.

El doctor Pi no cabía de felicidad, aunque no hiciera gestos evidentes.

—¿Y qué ocurrió después? —dijo.

—A partir de entonces se deshacen en atenciones, me llaman "cliente preferente" y otras cosas por el estilo.

—¿Y?

—Y nada. La soledad no tiene que ver con la falta de disposición de los otros.

El doctor Pi asintió.

—He llegado a pensar que es un estado natural, algo irremediable —dije.

—Como haber perdido la cola…

—Exactamente. Ya no podemos mecernos en los árboles e ir de rama en rama…

Nos reímos.

Guardó silencio un momento. Después me miró.

—¿Ya vio cómo viene ataviada? —señaló de pronto mi vestido negro y mis medias.

No recordaba cuándo había sido la última vez que usé vestido.

—¡Ah!, nada especial —respondí sin darle mayor importancia— ¿Confirmamos nuestra próxima cita?

Él se levantó a hacer anotaciones en su agenda, saqué mi cartera del bolso, le pagué y salí triunfal a la espera de la siguiente semana.

A lo largo de los meses, este fue más o menos el tenor de aquellas consultas. Lo había decidido sin tomar conciencia del todo: nadie envilecería mi vida, ni siquiera yo misma. Sólo tenía un problema: dada la ley de los rendimientos decrecientes, sabía que el grado de interés del doctor Pi tendría que alcanzar un límite. No se puede gozar de la compañía del otro sin hacer ofrendas cada vez mayores. He aquí la verdadera desgracia de la condición humana: la bondad no conoce límites, en cambio, la exigencia de los otros llega invariablemente a un punto de tensión.

El momento llegó cuando empecé a notar que el doctor Pi se distraía. Habíamos caído en el inevitable círculo que hace a los conocidos fijar la mirada en nosotros cuando en realidad, sabemos, están viendo al vacío. Decidí adelantarme. Si esto debía terminar, sería yo quien dijera la última palabra.

—Hoy por fin pude darme mi lugar —dije.

El doctor Pi adelantó el rostro y sus ojos se achicaron con interés, como sucedía al principio. Le hablé de la oficina, en particular, de mi jefe, Roberto Bueno, un joven profesional, parlanchín y arrogante que sólo hablaba de novedades, en especial de artefactos electrónicos, aunque a veces su conversación podía extenderse a marcas de relojes y automóviles; un tipo de quien, sospechaba, se teñía el pelo.

—Es el clásico individuo que siempre se adelanta a servirse café y no obstante, en las reuniones de trabajo cede ostensiblemente el asiento a las mujeres frente a sus superiores —dije.

Un falso bueno, sonrió el doctor Pi ante su propia broma, mostrando los dientes. Como todos los sabios, solía hacer chistes elementales de los que sólo él se reía.

Y un falso joven, añadí, enarcando las cejas, en un gesto que debió de ser provocativo pues pensé en mí misma como la cínica Eva Harrington ante la indefensa Margo Channing de *Eva al desnudo*. Los párpados del doctor Pi se cerraron, indignados, como si la maldad fuera una cosa y otra, la insinuación grosera y obvia. Quise evitar ese malentendido, así que relaté: Todas las mañanas al llegar, el joven Bueno atravesaba el corredor dejando una estela de loción a su paso. Tenía una costumbre peculiar: nunca iba directo a su despacho a dejar el portafolio en su sitio. Su táctica consistía en apresurarse hacia la cafetera para llegar antes que los demás. Tenía un sentido de la oportunidad perfecto, pues llegaba en el momento en que la cafetera apagaba el botón rojo, indicando que el café estaba listo, momento en que la señora Fari sacaba las galletas recién puestas en la charola. Tomaba cinco, en especial las que tenían relleno; crema pastelera, mermelada de fresa o chabacano, dejándonos a los demás con las pastas de azúcar o las simples rosquillas. El primer día llegué unos minutos antes, empleando con éxito su mismo estilo, pero supe enseguida que tenía que mejorar. Hablé con la señora Fari, una mujer de naturaleza tan bondadosa como para no entender la injusticia que cometía al hacer coincidir el acomodo de las galletas con la llegada del joven Bueno.

Otra vez confunde la bondad, me interrumpió Pi con su acostumbrada parsimonia. Yo asentí, en un gesto de aceptación. Se trata, dijo, de simple sometimiento al

Macho Alfa. Le pagué directamente, añadí a modo de respuesta, soborné a la señora Fari para que retrasara la entrega de las galletas. No tenía que decirle a Pi que era la primera vez que deliberadamente hacía daño a otro. Le pedí que no lo comentara con nadie, dije. Para el cuarto día, todos en el piso de la oficina se habían dado cuenta del meollo de la cuestión y a su modo cada uno comenzó a cobrar venganza, inspirados en mi técnica. Unos se valían de la amistad con la señora Fari, otros caían en la confidencia. Al final, todos terminaron por comerse las galletas en la cocina. La jerarquía superior del joven Bueno no le permitía hacer lo mismo. Luego planeamos algo parecido con el café. Poco a poco, el sabotaje se extendió, sin que él pudiera confrontarnos, hasta dejarlo como a Robinson en su isla.

La boca del doctor Pi se abrió en una sonrisa en que se adelantaron, bien alineados y dispuestos, los brillantes dientes. Por fin comprobaba que sus teorías eran ciertas. Para mí, en cambio, era la sonrisa blanda del bebé que ignora sus impulsos.

—Y esa es la novedad de esta semana —concluí.

Sucedió lo que había previsto. El doctor Pi me miró con sus ojos comprensivos y dijo en su tono sabio de otros días: por hoy es suficiente.

Pero yo no había terminado aún. Por cierto, comenté como al desgaire, no podré venir más. Los ojos del doctor Pi, siempre entrecerrados en un sueño acariciador, se abrieron. ¿Por qué?, preguntó con asombro. Es a causa del dinero. Como reacción lógica al asunto del café, Bueno me mandó llamar a su oficina. No crea que no sé lo que ha hecho, me dijo. ¿Qué hice?, pregunté, con gesto de falsa inocencia.

No explicó nada más. Como sabe, dijo a modo de explicación, la compañía pasa por momentos difíciles. La crisis nos obliga a hacer recortes. Mis superiores han decidido prescindir de usted.

—Pero ¡es el colmo! —exclamó Pi, negando con la cabeza—. ¡El ejercicio del poder llega a grados inauditos! Usted lo dejó sin galletas y él en cambio la deja en la miseria...

Yo bajé la mirada. Asentí. Se hizo un silencio.

—¿Y qué piensa hacer ahora? —preguntó Pi, algo contrito.

—¿Y qué otra posibilidad tengo? Buscar a un profesional que me fíe las sesiones.

—Bueno, una sesión semanal, por un tiempo, se la puedo fiar...

—Necesito que me reciba todos los días—interrumpí.

—¿Todos los días?

—Comprenderá que no puedo quedarme así, al garete. ¡Estoy desesperada!

El doctor Pi me miró con fijeza. Finalmente abrió su agenda.

—Tendría que ser por las mañanas —dijo—. Por la tarde, sólo podría respetarle este día y esta hora.

—¡Y a qué hora buscaría trabajo! De ningún modo, tiene que ser por las tardes, después de las cinco.

Levanté las cejas con el despliegue de aplomo de Regina Hubara en *La loba* y le sostuve la mirada. Habría querido volver atrás y que todo hubiera sido distinto, pero no había remedio. El vínculo que había entre ambos para entonces se había vuelto inevitable, mientras que la distancia que había entre la yo de antes y la nueva era ya un espacio imposible.

—Es una medida temporal. Además, necesito decirle otra cosa.

Crucé la pierna, tal como hace Mildred Rogers en *Cautivos del deseo* y confrontándolo, dije:

—He cometido un crimen.

—¿Un crimen?

—¿Y qué otra cosa hubiera podido hacer? ¿Qué habría hecho usted?

Pi me miraba atónito, sin encontrar palabras.

Me daba cuenta de que lo que ocurría durante los cincuenta minutos de la sesión era algo que ya no podríamos negar ni romper. En cambio, no sentía nada por ese hombre ni un minuto antes ni uno después de la consulta. Y percibía que él sentía lo mismo. En efecto, descubrió la punta del lapicero para borrar algo e hizo ajustes en su agenda.

—Traeré un par de cobijas y algo de comer —dijo—. Pero no la veré más que en las sesiones.

Habíamos alcanzado el punto de equilibrio.

Maer, Staffordshire,
13 de noviembre de 1838

Estimado Reverendo John Allen W:

Luego de enviar a Ud. aquella carta que espero haya destruido de inmediato, como se lo pedí, para evitar una calamidad futura, tuve una larga conversación con mi marido, quien me ha hecho ver las cosas de modo distinto. ¡No sabe cuánto bien me hizo su atinadísimo consejo ni las benéficas consecuencias que éste trajo a mi espíritu! Desde la mañana de ayer en que tuvo a bien aconsejarme y me confortó con el bálsamo de sus palabras puedo asegurarle que soy otra. Josiah tiene razón: si no se sorprendió por la petición de mano de nuestra hija Emma hecha por Charles Darwin fue porque él, mejor observador de la naturaleza humana que yo, supo ver la predilección y deferencias que nuestro sobrino tuvo por Emma desde niño. Aunque siempre se mostrara distante y más bien ajeno a lo que sucedía en las reuniones familiares, el hecho de enseñarle aquella inmensa araña que la hizo gritar y el acto de ponerle un escarabajo en el bolso de su pequeño delantal eran clara muestra de la confianza que tenía en las aficiones compartidas ya desde entonces. Yo en cambio no pude ver en esos gestos más que las maldades típicas de los niños hacia Emma, una niña más bien salvaje y descuidada en sus modales de quien todos hacían mofa, como usted sabe.

En lo tocante a un tema tan sensible como la unión conyugal, el amor es lo que debe primar. En esto estoy de acuerdo con Josiah, quien tuvo también razón en recordarme que nuestra Emma tiene ya treinta años. Él mismo dijo no saber cuántos hijos pueda tener nuestra hija ni si el Señor le concederá esta dicha por hallarse ya tan lejana a su juventud. Al hecho de que Emma es mayor se aúna el que Charles ha regresado muy mermado de su salud tras su larguísimo viaje, situación que en algo compensa la falta de juventud de nuestra hija. A cambio, la curiosidad que ha despertado el periplo de nuestro futuro yerno le augura un destino promisorio, según Josiah. Mi esposo me ha recordado también que siendo la familia de Charles una de las más distinguidas y dueña de un buen caudal no debemos temer por el futuro de Emma ni por la merma de nuestro patrimonio, pues es un hecho que mantendrá su distinción. Pero, sobre todo, ya que ambos jóvenes aceptaron unirse en matrimonio y tratándose de la voluntad divina, ¿quiénes somos nosotros para interferir en los designios del Creador?

Por todo lo antes referido, le ruego no intervenga en lo que es un hecho que será consumado el 29 de enero y acepte presidir, dado el noble carácter de los contrayentes, la modesta ceremonia.

En espera de que el Señor le dé larga vida,

Elizabeth Wedgwood

(El contenido de esta carta y la rúbrica aparecen con una caligrafía distinta.)

Carta al reverendo
John Allen Wedgwood
Maer, Staffordshire, 1 diciembre 1838

Muy querido primo John:

Siento mucho darte esta terrible noticia. Hace unos días, nuestra muy amada madre sufrió un segundo ataque de apoplejía que, me temo, la dejará en cama de por vida. Hacía tiempo habíamos venido notando una conducta extraña a su naturaleza, pero decidimos no darle mayor importancia pues no nos pareció algo alarmante viniendo de una persona de su edad. De cualquier manera creo que, de intervenir, no habríamos podido hacer demasiado al respecto. Según los informes de los médicos que han venido a visitarla, este tipo de ataques se presentan de forma repentina sin que haya razón visible para ellos o forma de impedirlos. Como no ignoras, mi vida antes alegre y promisoria, se reducía en los últimos tiempos al cuidado de mi muy querida hermana Etty. El problema de su estatura y de la curvatura espinal severa que padece, le impiden valerse por sus medios para llevar a cabo las tareas más elementales de su subsistencia. A esto se suma ahora la enfermedad de mamá, de cuyo bienestar nos ocupamos, con ayuda de la servidumbre, mi padre y yo. ¡Es un hombre tan bueno! Como no ignoras, su vida está entregada a la ciencia, tarea a la que se dedica sin descanso, sin embargo se da tiempo para hacer todos los días una visita nocturna a mamá. Durante una hora, procura "conversar" con ella. Desde luego, es él quien se expresa en palabras pues la pobre se encuentra incapacitada de articular al modo en que lo haríamos tú o yo. No obstante, mi padre ha inventado un ingenioso método a través del cual mi madre se comunica mediante gruñidos y parpadeos y él toma nota. Así es como, dijo papá, pudo enviarte una carta con sus impresiones más recientes.

Pero el asunto que me insta a escribirte es otro. Hace unos días, nuestro primo Charles Darwin vino a casa para solicitar a mi padre que consintiera en nuestro matrimonio. Ya antes Charles me había hecho la misma petición varias veces. Si yo me negué entonces fue porque al estar al cuidado de Elizabeth creía yo aliviar la pesada carga de mi madre, como le expliqué en cada ocasión, aunque es cierto que había otras razones. Una joven puede no saber por qué dice sí a una petición matrimonial pero siempre que dice *no* conoce a ciencia cierta las causas de su negativa. ¿Cómo podía asegurarme de que compartíamos la misma fe y que al celebrar estas nupcias cumplíamos con la voluntad del Señor? Ahora que mi madre está irremisiblemente postrada he tenido suficiente tiempo para pensar. ¿Por qué me he resistido tanto a la unión que el Señor quiso para mí al lado de mi primo hermano? De cualquier modo, hacía mucho que mis ambiciones artísticas se habían frustrado. Muy lejos quedaron el viaje a París y mis estudios de piano con el eminente Frederick Chopin. Demasiado bien sabía yo que el piano es uno de los adornos de la mujer y que poco o nada podría, pese a mi educación liberal, para perseguir una carrera más allá del matrimonio y el cuidado de los hijos. No me arrepiento, ni lo lamento tampoco. Simplemente he comprendido, acaso demasiado tarde, que resistirme al destino que se me ha adjudicado por más tiempo no tiene sentido. Mi lugar está al lado de un marido y de los hijos con que el Señor tenga a bien bendecirnos. En ellos aplicaré las dotes, muchas o pocas, que nuestro Creador ha puesto en mí y que apliqué a veces en el cuidado de mis sobrinos y en los librillos de moral para niños que elaboré en el pasado. En nuestra última charla el 29 de julio pasado, he podido comprobar que las dudas que albergué sobre las extrañas creencias de Charles sobre el tema más importante en mi vida son infundadas. Él ha aceptado unirse en sagrado matrimonio bajo el rito unitario sin ninguna duda.

Para tal efecto quisiera pedirte, querido primo, que nos honres a Charles y a mí, oficiando la ceremonia de matrimonio que hemos decidido llevar a cabo el 29 de enero del próximo año. Se trata de una ceremonia sencilla, sin mayores festejos, luego de la cual nos iremos a Londres, a la casa que Charles ha encontrado y que humorísticamente ha llamado "Casa Guacamaya", dado el colorido de sus interiores.

Con mis mejores deseos por un Año Nuevo lleno de dicha, tu prima:

Emma Wedgwood

Yo, a diferencia de Darwin, elegí no casarme. Podría decirse que en mi lista particular las consecuencias negativas pesaron más, aunque nunca me hubiera planteado hacer un balance de algo tan trivial. Jamás se me habría ocurrido la idea de ceñirme a ningún cuestionario que no tuviera que ver con lo estrictamente científico, y por científico entendí siempre apegarme al estudio y llevar a buen término mi colección. Tengo un sentido apremiante de la finitud de la vida, no sólo de la mía, sino la de los homínidos que todavía pueden llamarse tales y sé cosas que, por fortuna, el maestro del naturalismo ignoró. Nunca supo que provenía de un óvulo fecundado por un espermatozoide, por ejemplo. Que ambos traen consigo una carga genética perfectamente describible y manipulable hasta grados de exactitud asombrosa, y que esa manipulación iba a llevarse a cabo con todo ser vivo hasta el punto de impedir que cualquier criatura se pareciera a sí misma. Todo se lo dejó al azar. Que sea la naturaleza quien decida, dijo, que ella haga la selección. Tenía una idea somera de quiénes eran sus progenitores y de cómo serían sus crías. Y a pesar de que ni él ni Emma eran jóvenes, sabía que tenían grandes posibilidades de una descendencia favorable. Yo no.

La historia del descubrimiento de que mis padres no eran mis padres vine a conocerla estando ya bastante crecido y por boca del espejo. No era el tiempo de los bancos de esperma y la necesidad malsana de arruinar la infancia encajando en los hijos adoptivos un enigma. ¿Qué animal criado entre progenitores distintos a los suyos o entre miembros de otra especie tiene la *necesidad* de saber de dónde proviene? ¿De conocer a sus *padres biológicos*? Nunca he oído ridiculez mayor. Benditos sean los animales, mis hermanos, amantes desinteresados del derecho inalienable a la vida. No tienen ninguna razón para conocer a quienes les dieron vida ni explican su dificultad de sobrevivir a través de ellos. No cuestionan a sus progenitores porque no están a merced de su crueldad. Y si la madre de la cría se ensaña con el hijo y éste se halla crecido para defenderse, la pica. Sea apícola o insectívora la relación, es regla. Si se trata de una viuda negra *(Latrodectus mactans)*, especie con que la mayoría de radioescuchas decidieron identificar a sus madres, y ésta se ve en peligro de muerte, las arañitas bebés, los retoños, huyen despavoridas del vientre y si te vi no te conozco, mamita, que la vida me llama. Ni siquiera se dan vuelta para verla morir.

Si una de las empresas más ingratas que uno puede acometer es la de cuestionar a los padres, la más ingrata, sin duda, es siendo progenitor, sujetar a la cría y obligarla a amarnos, a cuidarnos. Se puede adivinar ya por qué me parece que la conducta de la mujer de Darwin, Emma Wedgewood, es intachable en lo que a abandonar a su madre y a su élfica hermana concierne. Que huyera de una vida de desdicha atendiendo a una mujer paralítica y otra con columna bífida me parece muy bien. Es ley en el reino animal. Lo inmoral está en disfrazar su huída con el fastuoso traje de la entrega impensada al genio y en tildar este hecho de abnegación. Por eso decidí exhibirla, con esa carta. Que sea falsa es lo de menos: la hipocresía es un crimen mayor.

Por lo que a mí respecta, no tenía algo particular de qué huir. Nadie iba a arroparme, tampoco. No habría habido alguien que comprendiera la naturaleza heroica de mi quehacer —no están los tiempos para eso— y el amor como causa para unirse a otro de por vida es razón falsa y mentirosa. ¿Han observado ustedes lo que ocurre cuando dos se instalan a vivir juntos poniendo como pretexto el amor? Remítanse al primer caso de mi defensa para refrescar su memoria. En cuanto a la última causa que se esgrime para llevar a cabo este ritual, la procreación, tengo varias opiniones sobre el tema. Me conformaré con dar una sola. La perpetuación del homínido me parece una irresponsabilidad. ¡Que se reproduzcan los peces, los insectos, las aves; que procreen los reptiles y los así llamados mamíferos inferiores que están en su mejor momento! ¡Pero los homínidos!

De modo que la razón del porqué elegí no casarme a estas alturas debería ser algo lógico. No obstante hay quienes quieren ver de más. Aducen, para conseguir mi condena, otros motivos. Me gustaría insistir en que nada tienen que ver las ridiculeces sicoanalíticas sobre el odio a mi madre, ni la incapacidad de sentir empatía (el clásico daño en la región del lóbulo frontal adjudicado a los sicópatas) que han querido ver algunos, ni con la homosexualidad latente o manifiesta que se me achaca. Pero ya que se me pide hacer un resumen somero de mi adolescencia, como si en ella pudiera aparecer algo más que el nacimiento de una vocación, me remontaré, de forma sucinta, a esa época de vino y rosas.

Mi padre, o el señor a quien llamaré padre, conoció a su mujer en un acto oficial al que fue obligado a asistir en nombre de la trasnacional que lo trajo de Estados Unidos a trabajar como expatriado. A esa cena acudió gente de la industria y del comercio, políticos e inversionistas entre los que se encontraba el padre de la mujer a quien me niego a llamar madre porque no tiene ninguno de los atributos que designa este epíteto. El caballero en cuestión, a quien sólo aquí llamaré abuelo, era un viejo viudo dueño de una fortuna respetable obtenida en sus distintos puestos en el gobierno, cuya última preocupación era casar a la hija ya entrada en años y en carnes, quien más que cuidar de él, le estorbaba. Sentados a la mesa, mis progenitores componían una peculiar imagen. Él, pequeño y elegante, hijo de italoamericanos, escuchando con cortesía una lengua de salvajes que dominaba y a la que respondía con displicencia. Ella, fea e imponente como un ropero antiguo, hablando con gran autoridad sobre las dos aficiones del ínfimo mundo en que pese a su volumen se movía con holgura: bordar cojines y ver la televisión en blanco y negro. Preocupado porque aquel extranjero no saliera huyendo, el viejo revolucionario lo fue presentando con los personajes de importancia en aquella reunión, haciéndose acompañar en todo momento de su hija. El saldo de la preocupación resultó muy satisfactorio. Ella puso la herencia paterna como dote y él evitó darse cuenta de la edad y robustez de la contrayente, además del hecho poco significativo de que ésta le sacaba al menos quince centímetros de estatura. Se podría decir que gracias a la ley de las compensaciones, él fue indemnizado por el trabajo de ver a su mujer siempre hacia arriba. Meses después, ella tenía marido; un hombre callado y trabajador. Y lo más importante: extranjero.

El hombre le había gustado:

a) porque era discreto y educado (no le miraba el pecho —no le alcanzaba la vista para verlo desde arriba—) ni tenía avances sospechosos con las manos;

b) porque era comedido (cumplía con los rituales de acercarle la silla, abrirle la puerta, quitarse la servilleta del regazo para ponerse de pie cuando en un restorán ella volvía del baño, etcétera);

c) y porque nunca hizo alusión a su volumen (sobrepeso).

Pero lo que más le había gustado de él consistía en algo que observó desde aquel acto oficial durante la cena. Era su forma de partir la carne, quitándole los pellejos y dejándolos discretamente a un lado en el plato. Ella se dio cuenta de que cuando él descubría, al masticar, un trozo de carne con un nervio, lo sacaba discretamente de la boca y lo dejaba hecho bolita también en el plato. En resumen, vio en él a un hombre refinado, alguien que a sus extraordinarios modales —raros en los hombres de la región equinoccial— sumaba la costumbre de ser un fanático del trabajo.

Algunos pensaban que lo habían enviado de la casa matriz de aquella trasnacional porque era un hombre tan confiable que haría lo que le dijeran, porque era capaz de informarse de lo que ocurría en el último rincón del país sin moverse de su escritorio y porque era experto en ingeniería química. Lo que nadie sospechaba era que la empresa a la que llegaba puntual todos los días fuera una fábrica de veneno enlatado con apariencia de "alimentos", mismos que me harían comer después, provocando que me desnutriera y me llenara de granos. La empresa tenía un nombre casi pío y con extrañas resonancias en un país católico. Monsanto. Las etiquetas que cubrían las latas con plomo mostraban ejemplares de frutas y verduras perfectas y coloridas, imposibles de encontrar. Lo que se introducía en ellas, en cambio, eran los restos de aquello que estaba a punto de la putrefacción. Sobrantes alimenticios aderezados con químicos infames: benzoato potásico, nitritos y nitratos, formaldehidos, hormonas sintéticas, antibióticos. Agentes mortíferos de los que nada se sabía en aquellos años. Quien quiera que estuviera detrás de empresas como ésa no podía ser alguien de fiar. Y sin embargo, el homínido al que llamaré padre era a los ojos de los otros el hombre más probo del planeta. Contribuía a esta visión no sólo su experiencia en comportamiento humano, sino la forma en que lo capitalizaba por el bien de la humanidad, cuestión que era la misión y la razón de ser de su empresa. Y por si esto fuera poco, junto con la entrega casi total al trabajo sorprendían sus conocimientos técnicos. Sabía todo sobre desarrollo de polímeros y estudios de viscosidad. Hablaba poco y pausado, pero cuando lo hacía mostraba tal autoridad que hacía pensar al resto que no era la empresa sino algo más grande, el Creador mismo, quien lo enviaba a repartir el maná a un pueblo hambriento.

Como si la compañía fuera él, bastaba con presentarse en cualquier reunión para despertar en los otros la idea de que Monsanto era parte de una aristocracia benéfica. Un club en que se admitieran sólo individuos de probada nobleza, interesados en terminar con el hambre y las carencias del mundo. Un templo que aceptaba sólo a hombres viajados aunque no hubieran salido de su país, pues hablaban de los territorios en que se había asentado la multinacional como si hubieran nacido en ellos. Empleados modelo cuya misión era semejante a la del capitán FitzRoy: inocular en los salvajes de los lugares a los que llegaban el "progreso". Que en el caso a que me he referido venía enlatado.

En la época en que mis progenitores se unieron en infeliz matrimonio yo aún no nacía. Pero los sirvientes de la casa donde vivían junto con mi supuesto abuelo siguieron trabajando en ella tras la muerte de éste último y presenciaron mi llegada y la curiosa circunstancia en que ésta ocurrió. Cuando se casaron, la esposa de mi padre era virgen, y él extranjero; cuando regresaron de la luna de miel, ella seguía siendo virgen y él se volvió aun más extranjero. Mientras durmieron juntos, ella se aficionó a recibir las puntuales menstruaciones con crisis de llanto y estancias de tres días en la cama, y cuando dejaron de hacerlo, a recibir a mi padre con gritos por no quedar embarazada.

Una madrugada, mi padre la llamó por teléfono. Entre el sueño y la resaca ella pudo oír que le estaba ofreciendo un niño. ¿Lo quieres? Dicen que le dijo. Pero ¿de quién es? ¿Cómo lo obtuviste?, preguntó ella, alarmada. Y él volvió a repetir lo mismo: ¿lo quieres, sí o no? Si dices que sí nunca harás preguntas. Si dices que no, no volverás a hacer un drama en tu vida.

De más está decir que dijo que sí. Aquí estoy. Fue ella quien mandó llamar a los sirvientes para darles la feliz noticia; ella quien se horrorizó después, cuando me vio, y ella quien, haciendo un esfuerzo considerable me recibió de brazos de mi padre para declararse incompetente y entregarme enseguida a la recamarera.

No dejó de llorar, ni de bordar, ni de pasar las tardes en la cama. Cuando mi padre volvía, ella arremetía con el llanto y le echaba en cara haberme traído. Y mientras esta otra obra teatral se llevaba a cabo yo me refugiaba en el jardín y me ponía a observar lo primero que pasara por mi vista. Un insecto. Lombrices. O al gato haciendo sus necesidades. Fue en esos días cuando mi padre me puso el acuario y trajo al loro y cuando sugirió a su mujer que me llevara al jardín de niños, donde aquel par de vejestorios con delantal pretendieron obligarme a entrar en un salón mostrándome las tapas de refresco de colores a que me he referido. Cansado de pasar tres días en una banca, sin nada que observar, un día entré. No era peor que volver a mi casa y encontrarme con esa mujer tendida.

Comprendo lo terrible que debe ser para ti vivir con una mujer de esas características. Las mujeres siempre buscan algo con que llenar su vacío afuera. *En cuanto al niño que adoptaste, es curioso lo que dices sobre su capacidad retentiva. Pensaría en una suerte de autismo. Haces bien en haberle llevado mascotas y en darle a leer el* National Geographic *y esos libros sobre animales que tanto le gustan. El pobre no tiene la culpa de ser como es ni de que, como dices, lo hubieras recogido de aquel muladar. Al contrario. Imagínate cuánto peor sería si hubiera crecido en el tugurio del que lo sacaste. Sólo a ti se te ocurre ir a meterte en esos agujeros a buscar a "tus muchachos", como los llamas.*

Además del bordado y la televisión, la mujer de mi padre se aficionó a las bebidas alcohólicas. Era como un marino fuera de su plataforma continental. Mareada siempre. Primero, con la idea de casarse con aquel extranjero, de cederle sus esperanzas y su fortuna, su "know how" del país. Luego, mareada con una realidad en la que todo daba vueltas.

¿Podría registrar el inicio de su caída? No lo sé. A mí me tocó verla manoteando en el vacío.

A lo largo de aquel viaje de casi cuatro años, muchos de los marinos del Beagle se arrojaron al mar en algún momento de desesperación. No existe un recuento preciso de los que se ahogaron; el ingreso en la locura es asunto de cada quien. Puedo hacer constar que cada tarde mi madre se ahogaba también, aunque para mi desgracia, revivía al día siguiente, a tiempo de asestar una andanada de gritos al señor impecable, que se iba a envenenar gente a través de su empresa. No es una imagen feliz, lo siento. No hay Dios a quien exigirle aquello del Edén y el jardín de rosas.

Otros animales dan por finalizada la relación con sus crías a horas de nacidas; el homínido nace inútil y quien lo pare se empeña en hacerlo más o menos apto para lo que hasta el más humilde microorganismo nace sabiendo: comer solo, andar solo, protegerse solo. Y así, retenidos en el seno materno y a la vez arrojados del mismo lecho, no vaya a darles complejo de Edipo, hay que enviarlos al colegio, al patio, al pasillo, a donde no sean vistos. Por supuesto, al niño de cuatro o cinco años que sería cuando me llevaron al jardín de niños de las mencionadas tapas de refresco no le extrañaba nada ver a esa mujer en bata y con el pelo agreste sentada en un sofá de la sala, como una fueguina a punto de empezar un ritual, apenas me traían de regreso de la escuela. Ni me extrañó después hallarla por las tardes con las cortinas corridas, tumbada en la cama, cuando el chofer llegaba con la nueva de que el niño había juntado un cerro de caracoles que le tenían el coche lleno de baba verde o que hacía porquerías con el gato, como ponerse a imitarlo y defecar con él. Ni al verla darse vuelta hacia la pared, haciendo caso omiso de las quejas de las sirvientas. Según ellas, me había robado sus retratos tomados en La Villa. Sin contar, señora, con lo feo que nos mira este niño. Para ellas, yo *veía* de un modo raro, y esta era su queja principal: la forma en que el niño nos ve cuando no lo estamos viendo. Me estoy bañando y me ve (decía una); subo a tender la ropa y me ve (decía la otra); estoy cambiando una pieza del coche y no sé cómo pero me doy la vuelta y ahí está, viéndome nada más (decía el chofer, el único al que le creía). Y todo esto mientras ella estaba en su cama, desinteresándose, en eterno gerundio. Y que quede claro para concluir con este amargo asunto que no tengo nada contra la supuesta pena de tener una madre a la que me niego a llamar madre en la cama diciéndome quítate de ahí que me vas a ensuciar la colcha, ni contra los sirvientes, ni contra la incomprensión del mundo hacia quien nace, crece, no se reproduce y un día muere en total independencia, fuera de cualquier convencionalismo, entregado a la ciencia para mayor gloria de la humanidad amén.

Y acúsome padre, madre, hijos que no tuve y ustedes, público en general, de observar con fascinación unos brazos muy morenos sacando espuma mientras lavan ropa; tratando de explicarme por qué tendría la sirvienta esa frente tan abombada, con el inicio de pelo hasta atrás, y por qué al chofer le salían esas manchas blancas en las manos oscuras que se le despintaban con el transcurrir de los días y a las que él llamaba "mal del pinto". El mundo, ustedes no sé a qué vinieron, vine yo a observarlo, y me agrada. De ahí que comprendiera, aun sin comprender, que había miembros de la especie que debía tener en mi colección y clasificarlos antes de que se fueran de mi vida. Que serían patadas de ahogado, lo sé. Utopía, pecados de juventud, intentos de preservar lo humano de lo humano. Más útiles, a mi ver, que los intentos de la mujer de mi padre de criar a quien no podía ni quería. O de su afán de ponerse de acuerdo con el chofer para espiar a mi padre, y luego de descubrir no sé qué; de confiarle una misión estrambótica. Él debía cobrar venganza por todo el mal que mi padre le hacía a ella con *su horrible costumbre que le pedía, por lo más sagrado, que mantuviera en secreto.* Tendría que buscarlo y matarlo y ella, a cambio, le heredaría la casa si lo hiciera. Y ahí estaban los dos: sentados en el pretil del patio, observando en silencio el fondo del jardín. Maquinando.

Una tarde, mi padre regresó más temprano de lo habitual. Lo encontré en su estudio, metiendo sus cosas en unas cajas especialmente compradas para ello. Lo vi demacrado, revisando parsimoniosamente cada objeto, cada documento, y guardándolos en cajas especialmente compradas para ello.

—Me voy —dijo—. Me siento incapaz de seguir llevando esta vida.

No estaba alterado en lo más mínimo. Guardaba sus pertenencias mientras hablaba con su levísimo acento extranjero en el tono de siempre, tranquilo. Parecía estar más dispuesto que nunca a conversar.

—¿Y los peces? —pregunté.

—Tú sabes cuidarlos perfectamente.

Sonreí. Por supuesto que sabía cuidarlos mejor que él; yo mismo había tenido que enseñarle que se estaban matando entre ellos y que era la sobrepoblación lo que producía el olor a podrido. Pero él me seguía trayendo un distinto ejemplar cada viernes.

—Me refiero a su alimento —dije—. ¿Quién me traerá las lombrices y el cloro para limpiar la pecera?

Aunque estaba concentrado en meter sus cosas en las cajas, me escuchaba, yo lo sabía.

—Tu madre tiene suficiente dinero para comprarte eso y más. Te estoy dejando un fondo de ahorro en un fideicomiso.

Quité las palabras que no entendía y tomé las que me interesaban, como había hecho siempre.

—Esa mujer es incapaz de pensar en los peces —dije—. Tampoco en el loro.

Pareció sorprendido de que en lugar de "mamá" la hubiera llamado "esa mujer".

—El gato se tiene que comer las sobras de la cena que dejo en el buró porque si no, se muere de hambre —concluí.

Me miró de reojo y asintió. Luego, empezó a descolgar los cuadros y diplomas y a acomodarlos en otra de las cajas. Por último, escogió una llave y abrió un cajón del escritorio. Sacó un sobre y me mostró las fotografías que estaban dentro.

—A ti te gusta lo mismo que a mí, ¿verdad? —susurró, mirándome fijo a los ojos—. Recuerdo cuando tu madre te quitó las fotografías que tomaste a tus amiguitos del colegio.

—¡Esa señora no es mi madre! —le repetí como había hecho más de una vez, indignado.

—Desgraciadamente no te las pude guardar —continuó él, sonriendo—. Hubiera sido un escándalo para ella. Pero mira las mías.

Me tendió unas cuantas imágenes de jóvenes adolescentes, desnudos. Las miré sin mucha emoción. Muchas de las características corporales se repetían. Evidentemente, mi padre no habría podido ser un buen naturalista.

—No tenemos los mismos gustos ¿eh?

Metió las fotografías en el sobre y lo acomodó en una de las cajas.

—Eres *an interesting young man* con necesidades *especiales*. Pero desafortunadamente no eres mi tipo.

Me miró levantando las cejas como hacía cuando veía con atención las leyendas de los contratos escritas en letra chiquita.

—Ni tú eres mi tipo, ni yo soy el tuyo, ni nos podemos entender. Pero tus libros y tus animales son tu consuelo. Ya hablé con tu madre de lo innecesario que es llevarte a la escuela. Verás que todo irá mejor así. Contraté un profesor de biología que venga todos los días a hablarte de todas las especies que quieras.

Antes de irse, me miró con detenimiento y moviendo la cabeza dijo algo bastante inusual en él:

—*God bless you.*

Los hombres son dinosaurios fuera de temporada, caminando al precipicio, sin animarse a caer de lleno. Un pasito más. Ánimo. ¿A qué usar a Dios como pretexto para no darse a sí mismos un digno fin? Si Dios hizo al hombre a su imagen y semejanza, ¿se imaginan la clase de ficha que es Dios?

Siete

Lo primero que hizo después de comprar la propiedad en Downe House y volverla habitable, fue trazar los caminos. Una larga vía de grava que rodeara la propiedad sería suficiente para dar sus paseos, de mañana, a las siete. Hiciera el tiempo que hiciera, el sólo contacto con el mundo vegetal y animal que tanto extrañaba desde su regreso de aquel viaje magnífico sería suficiente para volver soportable el contacto con los otros. No era demasiado largo, unos cuatrocientos metros apenas. Pero en todo caso, el hombre de los ojos tristes podía dar varias vueltas dejando algunas piedras a mitad del camino para así llevar un recuento minucioso de éstas. En otro momento, luego de pasar varias horas en el estudio, podría detenerse en el apiario. O revisar las jaulas de los conejos. O ponerse a observar el trabajoso desplazamiento de las lombrices y los beneficios que éste aportaba al terreno. La verdad es que cualquier distracción en los lindes sembrados de abedules y robles a fin de ocultar la propiedad de las visitas indeseables y los ojos curiosos era benéfica para su espíritu. Siendo sincero consigo mismo debía confesarse que volver al estudio y sentarse en la silla giratoria con pupitre que él mismo había diseñado y mandado construir con el mejor carpintero, mueble que lo contenía y servía también de refugio y hasta cierto punto de pequeña prisión, era o se le hacía a veces cuesta arriba. Se sentaba a hojear los periódicos en que se hablaba de la afluencia de nuevos productos a Gran Bretaña. No era nada extraño: muchos otros, como él, habían emprendido y de hecho emprendían grandes viajes por tierras lejanas, todo para mejoría y mayor honra del imperio. Los avances en la minería permitían la fabricación de nuevas armas; el crecimiento continuo de la ciudad de Londres obligaba a mudarse a las fábricas e industrias, instalándose en los suburbios o en distritos rurales. "Fuera de la legislación", pensó, "donde no hay otra tarea que el incesante trabajo".

Leyó sobre los avances en la construcción del ferrocarril, de la línea del Puente de Londres a Greenwich y de cómo se abrirían grandes terminales en Euston, Paddington y Fenchurch Street, según se anunciaba. Pero él no lamentaba haberse mudado a Downe House; nunca lo lamentaría. A pesar de la desazón, de esa rara ansiedad que lo invadía. Porque sabía que de otra manera no podría avanzar nunca en su estudio. Podía malgastar su vida en reuniones sociales, atendiendo a las cenas y citas en los clubes y casas y sociedades científicas; vidas perdidas como las de tantos de sus colegas que se habían quedado en la cómoda posición de aprobar o desaprobar propuestas o en las clasificaciones zoológicas o geológicas, o en perseguir honores. Muy bien; todo eso estaba muy bien. Pero entonces, ¿por qué no aprovechaba el tiempo mejor? ¿Por qué no avanzaba en su trabajo? ¿Por qué le interesaba saber sobre las obras de saneamiento de Londres, sobre las aguas residuales que se bombeaban diariamente al río Támesis?

La gente bebía y usaba esas aguas contaminadas y eso no podía ser bueno. Por más avanzada que fuera la ciudad capital, por más que fuera la capital más aventajada del mundo y llegaran cientos de inmigrantes de otras partes del orbe dentro y fuera de las fronteras británicas; por más logros en términos humanos como los que según su mujer hacían en las parroquias con la "ley de pobres", en la que se comprometían a cuidar de niños arrojados a la calle y darles de comer y dónde dormir (niños que después eran vendidos por las mismas parroquias a deshollinadores, herreros, truhanes y dueños de fábricas, según supo, pero ¿para qué causarle otro dolor con esta noticia a su adorada Emma?); por más que todo esto fuera un signo clarísimo de la modernidad nada lo convencería de que había tomado la decisión correcta al huir al condado de Kent, a aquel refugio.

Como era la hora del almuerzo, salió de su estudio sintiendo un alivio, y almorzó. Ver a su mujer y a sus hijos, cada uno en su función y en su debido lugar; saber que ninguno padecía de un mal ese día, probar las delicias de la cocina que no consistían más que en un sano y sencillo menú preparado por Emma y anotado en su recetario: champiñones a la parrilla y hojaldre de queso, al contrario de Lyell, cuya cocinera sacaba recetas de los inmigrantes chinos e italianos llegados a Londres; salir otra vez a dar un pequeño paseo y encontrarse a uno de sus más de doce sirvientes que lo saludaban quitándose el sombrero, todo esto le confirmaba que había tomado la decisión ideal e iba en el camino correcto. Que la vida de terrateniente entre palomas y gallinas que los lugareños pensaban que tenía era apenas una broma que ocultaba su verdadero interés, pasión y sacrificio.

Y entonces regresaba al estudio, era hora de hacerlo, no podía extender más el paseo ni volver a almorzar ni seguir leyendo los diarios o la correspondencia pues gozando de cabal salud sería ese otro día perdido y resultaba que no hallaba la concentración. No avanzaba. No encontraba cómo. Pues la vuelta a la clasificación, después de los estudios de zoología o de la escritura de la segunda parte del diario de navegación, o de los ocho años con los cirrípedos, era en sí misma, la más temible pérdida de tiempo. Claro que podía conformarse y sentarse en sus laureles, por qué no. Lyell, con todo el respeto y el afecto que le tenía, lo había hecho, no podía cegarse ante esta verdad sobre su maestro. Ahora se contentaba con gozar de su merecido prestigio y decidir en sesuda discusión con su mujer a cuál de las invitaciones hechas por las grandes eminencias de Londres debería asistir; de cuál sacarían más provecho. Cierto día, incluso, recordó haber conversado con Lyell, medio en serio, medio en broma, acerca de lo conveniente que sería que los científicos vivieran nada más sesenta años, tiempo suficiente para llegar a un descubrimiento, y de evitar que llegara la siguiente generación a refutarlo. Así que él mismo, aunque aún no hubiera alcanzado dicha edad, luego de aquel portentoso viaje y de toda esa clasificación, podría conformarse, pero no se conformaba. Para algo debía de servir tanto ser inanimado y animado guardados en sus estuches tras su clasificación y exhibición al público. Qué hacer con esa colección. Con tanta información. Con todas las intuiciones que tuvo y tenía pero que no eran más que intuiciones acerca de la mutabilidad (¡no Lamarck!) o de la transmutación (¡nada de Platón ni de espiritismo!) o del cambio, en fin, de una especie a otra que podía jurar que existía y que no obedecía (no era tiempo de mortificar a Emma con su agnosticismo) a ningún designio ni plan divino.

Sólo hallar un método.

Y eso, que parece tan fácil y que sin embargo es lo más difícil que hay para un científico; eso, que en realidad *es* el corazón del asunto científico, es lo que no parecía llegar y tal vez no llegaría. Una descripción cabal de cómo se daba dicha descendencia con variación. Y ya estaba a punto de inmiscuirse de nuevo en la evidencia de los distintos picos de los pinzones cuando lo invadían de pronto unos deseos felinos de ir por una lámpara, o de escuchar el fru fru apagado del vestido de Emma que trajinaba atendiendo alguna cuestión doméstica. Todo con el afán de escapar, de no estar ahí, de acabar con el tormento de ver aquella reunión de entes vivos y no vivos reunidos sin dirección ni fin preciso. ¿Para qué servía todo ese amontonamiento si no era para demostrar algo? Sí, algo, pero ¿qué?

El apremio tras veinte años de estudio de describir cada concha, cada escarabajo, cada resto fósil y la necesidad de llegar a algún punto libraban una batalla en su interior. Miraba los cientos de páginas escritas y se debatía por no sucumbir a la tentación de salir del estudio e ir a escuchar a los criados, como un espía bien entrenado que fuera a buscar ¿qué?

A veces, como ese día, y aun a costa de lo que había obtenido: esposa, hijos, casa, honores y prestigio, preferiría estar en aquella embarcación de cuatro velas, tolerando la inestabilidad del oleaje y del carácter del capitán FitzRoy que allí, en la paz del hogar doméstico, metido en su agujero de eremita. Pero fingía bien. Cada mañana daba su paseo, tomaba su ducha de agua helada, tomaba el frugal desayuno y, ya fuera que vomitara o no, se sentaba ante aquel montón de papeles que crecía. Las discusiones por carta con otros científicos y la opinión de Lyell sobre su trabajo lo llenaban de gusto y de orgullo. Y sin embargo, el gran geólogo Lyell pensaba que las especies eran inmutables. ¿Qué pasaría si confesara no sólo a él, sino al mundo, su intuición? ¿Qué pasaría si se dejara ir de una vez por todas? Pero no, eso no era hacer ciencia. Una cosa era la intuición y otra muy distinta probarla mediante una argumentación convincente. El método. El secreto de cualquier teoría científica estaba en el método.

Entre los varios papeles y libros que solía hojear por las tardes se hallaba *Population,* de Malthus, libro que había leído estando en Londres y luego de cuya lectura escribió un esbozo lleno de sugerencias durante una visita a su padre y sus hermanos en Shrewsbury. La teoría esgrimida por el sociólogo no dejaba de tener su grado de fascinación, aunque resultaba terrorífica. Y falsa, también. Si de cada pareja surgieran cuatro hijos y cada uno de ellos tuviera cuatro descendientes a su vez, haría tiempo en que los humanos ya habríamos cubierto el planeta. El crecimiento exponencial era más que posible, casi inobjetable; no obstante, las poblaciones permanecían estabilizadas año con año. ¿Por qué? Si lo que decía Malthus sobre la reproducción era posible, lo cierto era que muchos, la mayor parte de la descendencia, no sobrevivía el tiempo suficiente para reproducirse. No tenía aun idea de cómo, pero en esos sobrevivientes estaba la explicación. Lo que diferenciaba a los sobrevivientes de los que no sobrevivían era lo que daba lugar a las variedades de la vida. Como en la selección practicada por los criadores de ganado o de aves que vivían no lejos de donde él se encontraba y quienes escogían los animales que les interesaba reproducir y acababan por alterar las razas con el tiempo, así ocurría con el resto de las especies, salvo que no había lugar para la intervención humana.

Después de cavilar, tumbado en el sofá, y de hojear un poco más los diarios londinenses que hablaban de asesinos, carteristas, fumadores de opio, abuso de menores; después de leer las noticias que citaban hechos terribles ocurridos en los bares y burdeles de Whitechapel, y evitaban hablar de prostitutas de Spitalfields, y de pensar en los casos conocidos de tuberculosis, asma, hambre, escoliosis, raquitismo, sarampión, viruela, escarlatina y tisis, en el sopor de la siesta, tuvo un sueño algo revuelto. En un segundo vio a todos los animales del *Orbis terrarum* reproduciéndose a un ritmo frenético y a la vez, antes, durante o después del coito, vio a muchos miles de los nacidos de aquella orgía descomunal, incluidos los humanos, devorados unos, asesinados otros, muertos los más por hambre, por desastres naturales, por frío o por calor. Y despertó.

Entonces sintió un alivio inmenso.

La fuerza irrefrenable de la reproducción era detenida por un agente sin el que no podría existir la vida. La carnicería de unos contra otros, atacados por lo que sus colegas los románticos llamaban el ángel de la muerte era lo que permitía que hubiera espacio y alimentos para que los más hábiles pudieran vivir. Para aferrarse a la vida las criaturas eran capaces de desarrollar cualquier cambio, hasta el más inesperado, con tal de adaptarse al entorno a como diera lugar. Se le heló la sangre. Dios no existía. No aparecía a unos seres y desaparecía a otros. Si la característica útil servía a su poseedor éste sobrevivía, y se trasmitía a su descendencia. Eso explicaba la transformación.

Aterrado él mismo por haber llegado a esta idea; rodeado por sus papeles y sus cajas de especímenes; callado y sin ningún aspaviento murmuró para sí:

—Todos los seres estamos emparentados con todos, menos con Dios.

Había encontrado un método.

Que si creía en las tesis de *El origen de las especies*, me preguntaron. Contesté que sí, como es obvio. Que cómo podía entonces hablar contra la evolución. Respondí lo que la mayoría ignora: la involución es una de las tesis contempladas en ese escrito. Que en qué me basaba para decir que los humanos hemos empezado a involucionar. Los ejemplos presentados en mi sitio de Internet hablan por sí mismos, dije. Que cómo llegué a pensar siquiera en que desnudar, fotografiar o filmar, abusar de la confianza de menores y tenerlos en la red era algo lícito. Cómo convencerlos de que ese era sencillamente el anaquel para probar lo que otros hacen en un laboratorio. Que invitar a testificar un caso y colgarlo en la red era una variante inclusive más democrática y más moral que hacer experimentos a espaldas de la humanidad como hacen la mayoría de las instituciones. Que es mil veces más inmoral hacer experimentos con animales a los que torturan y minan su salud o que crear organismos y ADN sintéticos en la red de laboratorios del primer mundo. ¿Cómo es que la biología sintética y la "dirección inteligente" y todos esos experimentos de los actuales genetistas no los escandalizan? Les voy a decir por qué. Mi problema —ahora lo sé— es de falta de recursos y de ausencia de complicidad con las altas esferas. Yo no hago ciencia protegido por gobiernos cómplices; lo hago a la luz pública y con la anuencia total de mis especímenes. ¿De verdad piensan que esto es un crimen?

Usé las herramientas a mi alcance, eso es todo. No dispongo de un laboratorio en Harvard o en Viena. Como el Padre de la Evolución, al principio no supe en qué terminarían mis colecciones de objetos ni mis fotos, ni qué haría con las historias de quienes me hablaban al programa de radio para describir su lucha por la supervivencia a través de sus historias. Pronto descubrí que éstos serían mejor comprendidos si los convertía en "casos típicos" y los presentaba mediante una dramatización. Para el auditorio serían un acicate que los impulsara a hablar de sus vidas y a opinar sobre las de los demás. Para mí, constituirían fichas que se acumularían para completar mi estudio. Más tarde ya vería qué podía hacer con ellas, de qué modo las reuniría y daría cuenta del paulatino avance del homínido hacia su involución.

Y habría seguido transmitiendo esa serie a través de la radio de no ser por un hecho azaroso. Crecí tanto en audiencia que no me podían despedir tan fácilmente. Pero ellos (es decir, ustedes) buscaron y encontraron el pretexto idóneo en el tono de la "violencia creciente" que según el productor fueron adquiriendo los casos.

Es probable que el modo de expresar una emoción con movimientos, aunque hoy sean ya innatos, se haya adquirido gradualmente. Pero descubrir cómo se han adquirido tales hábitos es, en gran medida, desconcertante.

Ch. D.

Caso cinco
Selección natural

Yo frente al interfón, haciendo zumbar un timbre que nadie contesta. Yo, entrando por la puerta metálica que se abre sola, andando hacia el fondo del jardín por el camino de piedra que hace resonar mis pasos. Yo, reconociendo el acceso al interior de la casa, las ventanas con las persianas cerradas, como perros que aún duermen detrás de los cristales y del otro lado, los macizos de flores que empiezan a tomar color con cierto recelo, como si me reconocieran. No puedo decir que vaya al trabajo sino que regreso; vuelvo del cuchitril donde duermo unas cuantas horas. Un trabajo temporal que me obliga a pasar en esta casa la mayor parte del tiempo. Llevo apenas unas semanas aquí aunque en el giro soy como un matusalén. No sé qué me retiene en este tipo de empleo, algo a lo que a veces llamo dinero fácil pero en ocasiones pienso dinero para qué. Para salir de esto de una vez y mandar todo al diablo. Es una opción. Quizás algún día. Por lo pronto, paso horas recorriendo la propiedad, haciendo como si descubriera algo que se mueve. ¡Hey!, grito de pronto, aunque quién me va a responder que no sea yo mismo y además nada se ha movido.

De vez en cuando me escapo con la mente y escucho la voz de la mujer que me dice: Se te ve lo listo, René, tienes talento. Mira cuántas cosas sabes hacer que otros ya quisieran. Sabes abrir cerrojos, sabes componer los frenos de un auto, sabes brincar azoteas y meterte en las casas cuando a alguien se le pierden las llaves como hiciste el otro día…

Dice todo esto y yo trato de guardar alguna historia que me haga pensar en lo que pude ser. En lo que hubiera sido de no ser esto. Pero todo termina cuando recibo la llamada de su marido con la instrucción que corresponde a ese momento. ¿Estás con ella?, me pregunta. Contesta sólo sí o no. Sí, respondo. No digas que estás hablando conmigo, simula que te llamó alguien más, salúdame. Saludo a un amigo imaginario. Esto es lo que vas a hacer: la llevas al mercado, la acompañas a la compra y cuando hayan subido las bolsas al auto, la dejas sola en él. Finge que tienes que ir a la ferretería, que se te olvidó comprar una clavija o un cable, lo que se te ocurra. Pero déjala sola en el coche. No le des ninguna seguridad ¿oíste?, deja que le entre miedo. Entonces me acuerdo de lo que vine a hacer y oigo que algo se rompe antes de que acabe de inflar el mundo con otra vida y logre meterme en él. Imagino varias posibilidades, antes de actuar. Imagino que renuncio, tomo mis cosas y me voy. En cambio, hago lo que tengo que hacer, como sucede en cualquier trabajo, y eso es lo único que me evita decir mire yo me voy, hasta aquí. No es que antes no haya tenido esta clase de encargos, y muchas veces. Es que me encabronan los tipos como éste, felices de haber hecho un patrimonio. No dilapidan, no invitan a nadie a comer. Si dan una fiesta es porque saben que los invitados les propondrán nuevos o más rentables negocios. Ni de chiste invitarían a un tipo como yo. Luego de que vayas por la clavija, dejas a mi mujer un buen rato en el coche, insiste, no la vayas a traer de inmediato. Me despido del amigo imaginario, que te vaya bien, le digo, sí, lo mismo para ti, sí, en eso quedamos. Voy a hacer la última revisión al coche antes de salir, le digo a la mujer y me marcho.

No acabo de entrar a la casa cuando ella ya se me está colgando del brazo y me dice: ¡Por favor, René, revisa el jardín antes de que nos vayamos, por lo que más quieras! Veo los pants de terciopelo que usa aunque nunca haga deporte, y me limito a hacer la pregunta de rutina: ¿Otra vez? Ella asiente. Acabo de revisarlo todo, le digo, pero como guste. Si eso le da seguridad... Sí, me da, responde con impaciencia. Dejo la chaqueta en la banca y empiezo a revisar, subiendo los escalones de dos en dos y asomándome detrás de cada mata. Salgo al otro lado, detrás de la cocina y atravieso el camino de losas. Me interno en el jardín de atrás, donde los árboles cubren toda visibilidad y arrastro los ojos por diversos paisajes familiares: la huerta abandonada, los vidrios que enterré en el borde superior de los muros, los huecos de las balas que incrusté y luego tuve que quitar, el agujero que cavo aprovechando cualquier momento para avanzar un poco. Suena el móvil y escucho del otro lado. ¡René!, dice la mujer, ¡soy yo! Como si no la reconociera. Estoy muy nerviosa ¡es que sigo oyendo ruidos, como de un metal que golpea con algo! Guardo silencio un rato y dejo la pala. Trate de relajarse, respondo, está usted alterada. Sí, René, así quedé desde lo del coche, discúlpame. Cuelgo. ¿Me oyes bien? Ahora es el marido a través del celular. Una llamada más y lo arrojaré contra un muro. Sí, respondo, tranquilo. Ven a la cocina entonces. Pero antes avienta unas piedras al fondo del jardín; procura que choquen contra algo. Haz bastante ruido. Que se oiga que viene de un lugar distinto al sitio donde estás.

Ése era el hombre que me contrató. Un tipo esmirriado con los labios fruncidos, como todos los que tienen el culo en otra parte.

Cuando entro en la cocina, oigo que la mujer le informa: voy a comprar dos kilos de aguacates, pero apenas me ve entrar, pregunta: ¿no seguiste oyendo ruidos al fondo del jardín? Por qué dos kilos, interrumpe el marido, como si no la hubiera escuchado o no le interesara lo que ella dice. Porque tú te comes uno en cada sentada y yo me quedo sin probarlos, contesta ella y se pone a anotar: pan, leche, aguacates maduros. Seguro por eso estás tan delgada, dice él, riendo para sí. Y no, René no oyó ningún ruido; aquí la única que oye ruidos eres tú.

Cuando salimos de la casa, ya solos, enfilándonos entre un tránsito denso hacia el centro, la mujer emite un suspiro y comenta: ha perdido mucho, no te imaginas cuánto, René. Juventud, ganas de vivir, el pelo. Y se gira para mirar por la ventanilla. Aunque todavía le queda algo, ¿sabes qué es? Rencor. Yo guardo silencio, como acostumbro en estos casos, pero ella continúa. ¿Y sabes por qué? Porque el tiempo pasa y yo no me muero. Mientras tanto, él envejece. Austeramente. Hemos hecho testamentos de modo que uno de los dos reciba todo cuando el otro se muera. Y como no me muero, él cree que yo soy su mayor enemiga. Pero su peor enemigo es el tiempo. Miro a la mujer por el espejo retrovisor, bien firme en el asiento de atrás. Parece de acero. Siento asco por el marido. Los hombres verdaderos no deberían perdonar a los débiles.

Sigo por periférico hasta Reforma y ella continúa: Sin embargo, me ama. Y yo no puedo evitar amarlo también. Nos amamos tanto que nos leemos los pensamientos, aunque ninguno de los dos lo quiera. Damos vuelta en la rotonda de la Diana Cazadora y ella se asoma a observar, de modo que pienso que por fin se callará. Al rodear la glorieta, sé que me he equivocado. Sólo que él es más fuerte, continúa. Me llama con la mente todo el tiempo, no me deja en paz. Tiene un pensamiento muy poderoso. Yo estoy concentrada en algo y él me interrumpe: acuérdate de esto o no vayas a olvidarte de esto otro. Aunque no esté a su lado, me paso todo el día atendiéndolo.

Dice esto de mal humor y se queda meditando, porque me da tiempo de concentrarme en mi trabajo y hacer algunos cálculos. Cuando nos encontramos en medio de un embotellamiento, se siente obligada a añadir: Sabe mucho de los fenómenos de telepatía y clarividencia. Ha leído a Sir William Crookes, el investigador metafísico que descubrió la materia en estado radiante. Un genio de la psicoquinesis. ¿Tú sabes lo que es la psicoquinesis, René? Muevo la cabeza. Es la modificación del estado de reposo de la materia. La más interesante es la psicoquinesis espontánea, o sea, la que se manifiesta de modo imprevisible. La que hace que se puedan mover los objetos, influir en la voluntad de las cosas, por así decir. En momentos como ése yo la dejo hablar, pero tengo que ponerme listo porque al terminar sus discursos a veces me hace preguntas. ¿Sabes qué hizo Sir William con su esposa, René? Otra vez niego. Materializó al espíritu de una mujer llamada Katie King y verificó sus apariciones con un galvanómetro. ¿Tú sabes lo que es el galvanómetro? Cómo no vas a saber, si eres un iluminado con cualquier herramienta, lo que pasa es que la has de llamar de otro modo. Mira, es un aparatito con el que sabes si además de ti hay una presencia o no donde te encuentras. Bueno, en una sesión, lady Crookes vio una aparición nebulosa con cierta forma humana envuelta en paños muy delgados que tomaba un acordeón y se ponía a tocar por toda la sala. Como nadie cantó ni quiso acompañarla, aquella aparición se hundió en el piso, dejando visibles solamente la cabeza y los hombros que la señora vio aún tocando el acordeón, imagínate... Mi esposo me prestó algunos libros sobre esto. Dice que eso explica los ruidos que yo oigo...

Miro por la ventanilla y suspiro. A veces él es bueno, René. Y un hombre muy culto. Pero nuestra comunicación no fluye. No logro que entienda que vivo en un infierno. Yo le digo que oigo ruidos extraños, de golpes, de gente que me sigue. Tengo el presentimiento de que alguien me quiere matar. Pero él me responde que es la psicoquinesis y, como con lo del aguacate, da el asunto por terminado.

Luego, acercándose trabajosamente en tono confidencial, me confía:

¿Te acuerdas el día aquél cuando fallaron los frenos del coche y sólo él y tú lograron saltar? Yo me pregunté mientras caía al vacío "¿por qué?" y él me respondió con el pensamiento: "por gorda". Me quedé muy desconcertada. El auto se incrustó en un árbol, como sabes, y no obstante me salvé. Luego llegaste tú a sacarme antes que los paramédicos. Me llevaste en brazos, me depositaste junto a un matorral y yo lo único en lo que podía pensar era cómo fue que mi esposo me había mandado una respuesta tan errónea. Porque el sentido de mi pregunta era: "¿por qué nos ocurren estas cosas?". Y no, "¿por qué lograron saltar ustedes dos y yo no?" como arguyó él después que yo le había dicho. Más tarde, me explicó que debía ser más clara al hablar con él por vía mediúmnica. Ocurrió apenas unos días después de que entraste a trabajar con nosotros. Desde entonces, yo sentí que me protegías. Porque aquella vez ¿qué hubieras podido hacer? En cambio, arreglaste los frenos enseguida y una vez salido del taller, te aseguraste de que no fallara nada más en el auto. Un genio de la mecánica. Y, si me permites, de la dedicación. Porque revisaste el coche exhaustivamente, le encontraste mil desperfectos, me acuerdo. Cobraste una fortuna. Y también recuerdo que hasta hoy mi marido no ha terminado de pagarte, te debe un dineral. La cara que puso cuando le dijiste lo que costaría reparar el coche... La mujer rió, bajito. Te dijo que no te pasaras de listo. Pero no se lo tomes a mal, René: él es así, siempre ahorrando en la comida del perico. Tú en cambio no escatimas en gastos. Y es que no te quieres jugar ningún riesgo. Por eso me gusta ir contigo sentada acá atrás mientras tú manejas. Cuando termina tu turno, en las noches, me siento desprotegida. Ay, no quisiera que te fueras a tu casa, suspiró. Trabajo diez horas corridas, dije. Sí, y eso es malo para tu espalda, lo sé. Pero ahora que volvamos a la casa te voy a poner unos jitomates asados sobre los riñones, verás qué alivio.

Llego por fin a La Merced y busco un lugar donde estacionarme. No puedo estar con usted más horas, respondo, como suelo hacer, mucho tiempo después de que la gente me ha comunicado algo, porque me quedo pensando las cosas. Luego añado: Yo también tengo una vida. En eso mentía. Vivo en un cuarto sin ventanas y ahí no hay nadie más que yo mismo. Sólo yo y mi mágnum, mis herramientas y mis dos morteros recién hechos. Y, aunque esto no se lo iba a decir, lo que menos soporto en el mundo es estar conmigo.

Yo lo sé, dice, tienes una vida rica y creativa. Lo descubrí la noche en que oí los disparos y al día siguiente, cuando te mostré las balas que encontré regadas, tú dijiste, mostrando una que no estaba percutida: ésta sirve para hacer un llavero. Al día siguiente lo trajiste con las llaves del coche. Te quedó muy bonito. La gente creativa muestra siempre una inteligencia superior. Es capaz de soñar, de pensar en algo más que en subsistir un día y otro día.

Yo empiezo a cansarme de tanta cháchara. No estoy acostumbrado a conversar y nadie me había hablado así. No es más que un simple llavero, digo. Sí, pero es en los detalles simples de las personas donde se ve su mundo interior.

Después de estacionarnos y ayudarla a bajar del auto, voy caminando con ella entre los puestos atiborrados de gente, probando los bocaditos que le van ofreciendo los marchantes. Después la ayudo a subir las bolsas de la compra a la camioneta y en cuanto está sentada, finjo que necesito una clavija. Voy a la tlapalería que está allí, señalo, no tardo, y cierro la puerta con seguro. Pero... ¿¿Por qué?? grita, asomándose por la ventanilla. ¡Ya le dije que no tardo! repito, alzando la voz, pero ella vuelve a gritar: ¡No me dejes sola! ¡Tengo miedo! Me acerco, para que no oigan los demás. Te acompaño, dice. Se cuelga de mi brazo a través del vidrio del coche, con la confianza de una tía sin ser mi tía, ella apergollada y yo tratando de zafarme desde la calle. Al sentir mi bíceps, exclama: ¡Oye, qué fuerte estás!, con el asombro de una novia sin ser mi novia y vuelve a presionar con la admiración de una esposa, sin serlo tampoco, y con esa misma confianza, añade: ¿Haces ejercicio? Es por mi trabajo, respondo con sequedad. Hacer barra y dominadas es lo único que me tranquiliza antes de tener que usar la mágnum o hacer estallar un mortero. La cosa no llega a más. Subo de nuevo al vehículo. En cuanto arranco, le advierto que quiera o no, iré más tarde a lo de la clavija y alguien se debe quedar con las cosas en el coche. Pero ella ya tiene los ojos cerrados y no escucha.

Según murmura, su marido le está enviando un mensaje por vía mediúmnica. Cuando los abre, le pregunto, por divertirme un poco: ¿Y qué le manda decir el señor? No sé, dice cortante. Aquí con el ruido del tránsito hay mucha interferencia. Sonrío. ¿De verdad cree en esas cosas? Se queda pensando un momento. Si no las creyera, me dice, mi esposo ya me habría encerrado en un manicomio, ¿no te parece?

Su respuesta se queda dando vueltas en mi cabeza. Y es que hace cosas raras, la verdad. A capricho, una vez pagó de más al plomero y a mí me obsequió un suéter nuevecito que el marido nunca desempacó. Es un acto gratuito, René, me dijo. Gratuito porque no te costó nada, pensé. Explicó que ella solía hacer ejercicios de agradecimiento. Tengo muchas cosas que agradecer a la vida, por ejemplo: haberme topado con Céfiro y contigo, con los dos. Al plomero, la mujer le debía el arreglo del céspol de un baño que el marido no quería pagar y a mí, bueno, me debía la vida, según ella.

Después de que volvemos del mercado por lo regular la mujer cocina lomos, gallinas de guinea, patos laqueados y un envuelto que le lleva día y medio de preparación llamado brazo de gitano. Con lo que ese día compramos, hace además unas galletas de jengibre y llena un par de canastas que nos da al plomero y a mí. Cuando terminamos el turno, Céfiro me dice que él piensa vender su canasta y me pregunta por la mía. Sin mediar palabra, se la extiendo. Aquél sólo come tortillas de maíz y a mí comer antes del trabajo por lo regular me enferma. Es por el reflujo, dice la mujer cuando le confieso que me he deshecho de las galletas. Yo también lo padezco. Toma estas pastillas. Las pastillas me dan náuseas y las tiro. Como no tienen acogida entre Céfiro y yo, y el marido no prueba alimento con tal de llevarle la contra, la mujer acaba zampándose las galletas restantes, hecho que le da bastante reflujo. A las sirvientas les obsequia dinero o ropa usada pero nunca les da cosas de comer. Es para que no les pase lo que a mí, me dice un día, señalándose el cuerpo. Si vieras, cuando mi marido me conoció, tenía una cintura que le cabía entre las manos. Parecía relojito de arena. Claro que todavía tengo lo mío, aunque a una escala mayor. Ante estos comentarios yo me limito a emitir una especie de gruñido y después guardo silencio. Un día me confía que su esposo es impotente. Como sé que es imposible que un hombre se confiese impotente, comprendo que el marido no está dispuesto a tocarla ni aun en el supuesto de verse a punto de caer sobre ella y que es una forma de quitársela de encima. "Esta gorda es casta", pienso, mirándola por el retrovisor. Y siento calambres.

La tarde en que debo llevar a cabo el trabajo el marido se ausenta, como convenimos, pretextando una reunión de ex compañeros de carrera. Antes fue director de un importante despacho de contadores y se veía que hizo bien las cuentas. Tan solo la casa, sin contar el jardín, era la más grande de toda la manzana. Tenía árboles grandes, macizos de flores y un frontón abandonado cubierto de pasto y maleza. En cuanto anochece, la mujer me pide revisar la parte trasera del jardín por última vez porque va a quedarse sola. Ay, cómo lamento que tengas que irte a tu otra vida, René. Más en una situación como ésta. Mi marido, ya lo viste, no quiso llevarme con él y las muchachas se fueron a su pueblo.

Quiero proponerle algo: quedarme con ella un rato, para seguir con el plan concebido, pero ella se me adelanta.

Al menos sube unos minutos al recibidor, me dice. Mañana es nochebuena y como no voy a verte en unos días, te preparé una sorpresa. Salvo en la cocina, nunca había estado dentro de la casa. Subo las escaleras y veo el saloncito por primera vez. Sobre la mesa de centro ha dispuesto dos manteles, una azucarera, un canasto con manzanas, una ponchera con vino caliente y un par de copas. Enseguida regreso, murmura. Mientras vuelve de hacer sus necesidades observo unos cuadros espantosos de gordas perseguidas por hombres con cuerpos de cabra; un sofá percudido y cubierto con un mantón; una estantería con miniaturas de cristal y otras cursilerías como una cuna vacía, un columpio, un huevo adornado y un pozo. Luego, me quedo mirando la serie de cojines que borda y el sillón mullido por el peso donde lleva a cabo esta tarea. Finalmente, me siento. La veo entrar de nuevo, vestida con una blusa estridente y una falda de flores, como una muñeca más grande que el tamaño natural, de esas que las niñas patean por detrás de las piernas para hacerlas caminar. Trae unos tacones con pedrería y un broche en medio de los senos que me obliga a levantar la cara cuando desde aquella altura se inclina y me dice: Cierra los ojos, René. Vas a oír música celestial. Se va contoneando hacia el aparato de sonido y lo enciende. Es el coro de los niños cantores de Viena. ¿Lo habías escuchado antes? Cómo iba a escucharlo, me dan ganas de decir, si el lugar de donde vengo los únicos coros que hay son las peleas de perros y los balazos. Pero me conformo con decir que no, ni tampoco he bebido un vino tibio como ése que me está sirviendo. ¿Nunca has bebido vino?, pregunta, azorada. Lo más cerca que he estado de un líquido de ese color es la sangre que vendo cuando el trabajo escasea, pero me limito a decir: No, señora. Soy hombre de pocas palabras, pero esta vez pienso que debo decir algo más. O quizá es que de pronto empiezo a sentirme cómodo, relajado. Tanto, que en cuanto la mujer se distrae, corto la línea telefónica tal como convine con el marido, en el fondo con más interés de que él ya no pueda comunicarse que por otra cosa. Está el celular, por supuesto. Aunque llego a tener un pensamiento sorprendente: puedo responderlo o no. Pero soy persona de palabra, al menos en lo que al trabajo se refiere. Cuando voy a servirme la segunda copa, la mujer toma mi mano y con una cucharita me fuerza a mover la ponchera. Ay, René, con un talento así y con tu tipo es un desperdicio que nadie te haya enseñado estas cosas.

Bebemos otra vez y no sé por qué me entran ganas de mover de nuevo la ponchera, tomando ahora su mano acojinada y blanca. A través de la blusa entreabierta veo la piel color migajón. ¡Enséñame algo que no sepa!, me dice de pronto, y ahí sí me pone a pensar: torcerle el cuello a alguien, clavarle una navaja en el costado, golpear sin dejar marcas, en cuál de mis especialidades podré instruirla. No, la verdad, no sé… digo. Ay, René, no seas tímido. Algo haz de saber que yo no sepa. Está bien, ponga otra música, digo. Póngame una cumbia, la Cumbia de la Pasión. Nos ponemos de pie y la voy conduciendo con suavidad entre los muebles. Nada más déjese guiar, le advierto, acercándola y demostrando que el secreto de la cumbia está en quebrar la cintura apenas. Ahora viene lo bueno, le advierto, preparándome para componer la figura. Estamos en lo mejor del baile cuando, de pronto, ella se separa de mí. Cierra los ojos, inclina un poco el talle y se levanta el vuelo de la falda, como si quisiera librarla de un lodo invisible. Empieza a moverse con lentitud, disfrutando el baile y sonriéndome a mí o a quién sabe quién. Tiene el pelo recogido con una peineta, pero al dar el giro, sin perder el compás, se suelta el cabello, que pierde el dominio y la hace parecer otra persona. Y es como si la psicoquinesis hiciera su efecto y alguien hubiera acudido al oír los sonidos de la música. Pude haberla abrazado, impidiéndole moverse, y terminar con lo pactado, pero en vez de eso la tomo por atrás y le susurro al oído: "Si no estuviera tan cruda sería capaz de comérmela".

Suelta una carcajada y echando la cabeza hacia atrás me mira. Si llega el viejo, me parte, pienso, a mí, que en lugar de darle muerte le estoy dando la alegría de su vida. De no ser porque estoy a punto de mandarla al otro mundo, con ese sólo gesto le habría prolongado la vida veinte años, por lo menos. ¡Mire!, digo, mostrándole el cable trozado, como para recuperarme a mí mismo. Pero ella no lo ve o no quiere verlo; desde otro tiempo y otro espacio navega en las arenas movedizas del pasado, en un tiempo que parece jalarme y me obliga a olvidar mi misión. Bebe un poco más, dice. Y bebo. ¿Ves cómo todo esto es un lago, René?, y señala el salón. Ven, rememos un poco mientras nos sea posible. La abrazo por la espalda, extendiendo sus brazos y haciendo un movimiento hacia adelante y atrás. Pronto, todo esto que ves serán caminos de cemento, me dice, y cuando miremos al cielo veremos sólo cables. Toma del cesto una manzana chica y picoteada, de esas que compra conmigo en los puestos baratos porque con lo que le da el marido tiene que ahorrar en los ingredientes de primera. ¿Ves esta fruta?, me interroga. Viene del paraíso. Pronto las inyectarán con sustancias y verás a la gente adquirir cuerpos monstruosos. Pone mi mano en uno de sus senos y siento la carne turgente debajo de la blusa. Y en ese momento se derrumba. "Es ahora o nunca", pienso, y la llevo a la cama. Calculo que mi labor estará pronto concluida, pero al acercarme a tomarle el pulso ella me oprime la mano. ¿Se siente mal?, le pregunto, esperanzado. Nunca me había sentido mejor, dice arrastrando las palabras. ¿Por qué no brindamos por esta razón? Voy por las copas y bebo yo también. Ah, dice. Qué bien. Ahora habla muy lento y la voz, más grave que la usual, parece venir de otro rumbo.

Me has enseñado tanto; he aprendido tanto de la vida junto a ti, dice. Es..., se mira la mano y mueve los dedos, como si me hubiera descubierto el pulgar. Qué quiere decir con esto, sólo ella lo sabe, el caso es que me acerca la mano y mueve el pulgar frente a mí. Ven, acuéstate conmigo un momento, dice, pero antes, bebe un poco más, anda. Me bebo de golpe otra copa y me tiendo de costado frente a ella, en la orilla en la cama. ¿Quieres que te diga algo, René? Nunca me he acostado con otro. No quiero seguir por ese camino porque me repugnan las intimidades, más aún cuando vienen de alguien que no soy yo. Pero ella no es de la misma opinión: Si tan sólo él pudiera estar algún día así, conmigo, como hoy estás tú, dice. Le transmitiría tantas cosas sin necesidad de decírselas... Guardamos silencio un momento, hasta que ella me dice: Quiero poseer su cabeza, René, tal como él ha poseído la mía. ¿¿Quiere su cabeza??, pregunto, sorprendido. La mujer suelta una carcajada y me contagia a mí también.

Pues su cuerpo no lo puedo poseer...

Nos reímos aún más, sin saber por qué. Recostados de perfil, nos miramos frente a frente y ella susurra: Eres... Entonces la oigo roncar. Llegó mi momento, pienso. Quiero levantarme y tengo que detenerme a causa del mareo.

Retomo el equilibrio, bajo las escaleras, tomo mis pocas pertenencias y salgo. Ya estando en la entrada, enciendo el celular. El marido, furioso, grita desde el otro lado, con su voz tipluda: ¡Imbécil! ¿Qué carajo te pasa? ¡Tengo horas tratando de comunicarme contigo y tu teléfono siempre me manda al buzón! Respiro con calma y pregunto: ¿Depositó el dinero? Pero el hombre me grita más fuerte aún: ¿No te estoy diciendo que he estado tratando de comunicarme contigo? Tengo horas queriendo decirte que no pude ir al banco. Respondo: Ajá. Y ante mi respuesta, se detiene en seco y cambia el tono de voz. Mira, dice, terminemos con esto y mañana a primera hora me acompañas al banco y... No oigo lo demás; simplemente espero a que termine de hablar. ¿Oíste lo que dije?, pregunta. Sí, digo, lo oí. ¿Y terminaste con todo, no? Sí, digo, terminé. Entonces espérame donde acordamos para llevar el cuerpo al fondo del jardín.

No tuve que aplicar mucha fuerza. Luego de la cuerda, procedí a cortar la cabeza de un tajo con la pala. Quién sabe por qué la puse en el cesto donde antes habían estado las manzanas que acomodó la mujer. De regreso a mi casa, se me ocurrió que nunca antes había hecho un regalo.

Que usara la selección natural como pretexto para justificar un crimen les resultó de mal gusto. Pero que expusiera el caso de una mujer que pactaba con su chofer para que éste matara a su marido era ir contra la ley. Era utilizar los medios de forma ilegal y, según dijeron, era haberme pasado de la raya. Antes, había tenido llamadas de atención de la radiodifusora, amenazas de recortarme el tiempo del programa, "clarificaciones" sobre lo que podíamos transmitir y lo que no. Había una moral que cuidar. Después de todo, se trataba de La Gran Estación de la Familia Latinoamericana. No parecía importar que se presentara tan crudamente uno o varios casos de asesinato consensuado en la televisión a través de las series o en las películas, me explicaron. Que se hiciera en la radio era ya otro asunto. Y que tuviera el ingrediente "mágico", la voz del auditorio, era otra cosa. Con un conductor, parecía que la estación estuviera solapando un crimen. Para quien quiera que hubiese escuchado la transmisión había sido claro que mi propósito trascendía esta banalidad. En repetidas ocasiones he dicho que no creo que la especie homínida tenga salvación. Por lo tanto, ¿qué interés podría tener en encubrir un acto que compete a la ley o a la moral cuando mi intención es puramente biológica? Lo que me motiva es registrar el comportamiento de la especie, no juzgarlo. ¿Me parecía bueno que una radioescucha hubiera seducido a su chofer a fin de asesinar a su marido? No me parecía bueno ni malo. ¿Y qué pensaba yo de que el caso hubiera causado tal revuelo entre los radioescuchas? Me parecía lógico. La emoción por la venganza, lo mismo que el sentido de la propiedad, son innatos. La existencia de conductas universales —y su aprobación o desaprobación— responde a un patrimonio genético común. Mis colegas Konrad Lorenz y Eibl Ebesfeldt hubieran compartido mi idea. La vida del marido de la mujer en cuestión no tenía la menor importancia. La cadena humana de transmisión de conocimientos va mas allá de lo que dura una vida humana.

Pero la demostración de una ley científica ha causado problemas siempre a quien por primera vez la sustenta. Ahí está el Padre del naturalismo para comprobarlo. Cuando su tesis se publicó bajo el título original: *Sobre el origen de las especies por medio de la selección natural o la preservación de las razas favorecidas en la lucha por la existencia,* la violenta respuesta no se hizo esperar. La mayoría de quienes se escandalizaron y quisieron castigarlo por degradar a la especie utilizó argumentos no científicos. Lo mismo quisieron hacer conmigo, cuando vieron que los casos expuestos se acercaban cada vez más a nuestra animalidad pura, a lo que se distinguía de lo que ellos llaman nuestro "ser racional". Que se había transmitido la historia de un homicidio encubierto y prácticamente avalado a través de la manipulación de una historia. Que había transgredido las normas de la legalidad: eso era lo que decía el comunicado oficial que llegó de parte del gobierno. Sin embargo, no fue esa la causa que esgrimieron para obligarme a pedir mi renuncia. Las "razones" humanas vienen envueltas de palabrería con la que justifican sus deseos predadores. La lucha por la sobrevivencia también se refleja aquí. Y se explica mediante una maquinaria inventada por la variante *sapiens* en su momento de mayor perversidad.

Sobrevivencia

Ocho

Sarah Elizabeth Wedgwood, quien sufría de enanismo y de una severa curvatura en la columna, dijo su primera mentira a los seis años. Se la dijo a su hermana una tarde de verano, cuando ambas practicaban caligrafía y se secaban los goterones de sudor que resbalaban por sus rostros. Dijo que Emma era huérfana y ella, hija legítima. Emma, concentrada en no ensuciar el papel secante con la tinta, no levantó la vista ni tuvo ninguna duda de lo que oía. Etty recibía más amor. A partir de entonces supo que los cuidados extremos de su madre y parientes a su hermana Etty eran la consecuencia natural del parentesco. Luego, conforme ambas fueron desarrollándose (una, hacia arriba, la otra sin crecer del todo y caminando con gran dificultad) se dio cuenta de que lo que llamamos amor a veces oculta muchos otros sentimientos. Y que quien procura allegarse el de la piedad por encima de cualquier otro, tarde o temprano tiene que valerse de la mentira.

Un domingo lluvioso, muchos años después, la idea que empezó a anidar la mañana en que aprendía a escribir cobró su dimensión completa. Fue una frase del reverendo Dunne lo que la hizo convencerse de que el mentiroso no es el único que recibe un castigo por sus mentiras sino que éstas repercuten de manera extraña en otros, sobre todo en aquel a quien se ha mentido. La de Etty le costó a Emma el dedicarse a cuidar de su hermana con una actitud reverencial de por vida. Siempre la sintió superior a sí misma, sin precisar en qué, y aun cuando se enteró de que aquello de ser adoptiva no era más que una fantasía de niños nunca dejó de sentir la obligación de velar por Etty como no lo haría por nadie más. Por eso, desde la petición de mano le pidió a Charles que fuera siempre sincero con ella. Deseaba que su amor por él no se viera nunca ensombrecido por el lastre del engaño. Ella era anglicana, pero su trabajo en la iglesia era sólo la parte más aparente de su fe. Ésta era el motor, la verdadera causa que la impulsaba a hacer todo lo que hacía (salvo lo de los cuidados a Etty), y sin la fe no se veía capaz de levantarse del lecho y llevar a cabo las tareas que realizaba todos los días. Porque creía en Dios y en Su bondad infinita y en la vida eterna es que necesitaba saber si él compartía esas creencias, dado que lo mejor les esperaba en la segunda y más larga existencia, no en ésta.

Él ya le había dejado saber que pese a ser creyente sus inclinaciones estaban en la ciencia y el naturalismo biológico.

Pero ¿qué quería decir esto?

Él abundó en la impresión de aquel viaje a tierras nunca antes pisadas por un súbdito de la corona; en la variación y la excelsitud de todas las especies vivas, desde las más pequeñas hasta los complejos mamíferos; se extasió al describir paisajes, tejidos, funciones, datos milenarios e informes precisos del tiempo hallados en las rocas; la hizo maravillarse con la mansedumbre de las bestias y demás criaturas de islas remotas pero también sentir pavor ante la violencia, la enfermedad y la tormenta que casi le cuesta la vida.

Pero eso no daba respuesta a su pregunta.

Si no despejaba la duda, ella viviría con la zozobra de estar invirtiendo lo que le quedaba de vida (¡tenía treinta años ya!, le recordó) en un negocio deficitario, que amenazaba con no garantizarle la entrada por la puerta grande, la de la salvación, en la vida eterna ¿Es posible vivir mucho tiempo así?

Él le habló entonces de sus convicciones antiesclavistas. Narró el episodio de FitzRoy ante los fueguinos y el rechazo absoluto de él, Charles Darwin, de que se extirpara a hombres y mujeres de sus tierras originarias y se les vendiera como si fueran mercancía.

De modo que Emma se confió a ese hombre y él le pidió que vivieran en la casa de Londres. Y como poco después le explicó que no podría vivir en Londres aunque él mismo lo hubiera propuesto, pues la frivolidad y los peligros no se avenían con su trabajo, y como la hizo ver que los levantamientos del cartismo, las huelgas y las tropas con bayonetas cerca de su casa no se avendrían tampoco al proyecto de ambos de formar una familia y tener hijos, la convenció de mudarse a una casa ruinosa en Kent, bajo promesa de que pediría un préstamo a sus padres y apenas llegados la remozarían. Emma hizo lo que debía hacer y siguió a su marido como cualquier mujer lo habría hecho, salvo por una diferencia: ella lo hizo con la alegría y la entrega de una recién casada pero además con la esperanza de quien aguarda una respuesta.

Desde el primer día que estuvo con ella Charles no volvió a sentirse solo nunca. Su dependencia de esa mujer que lo entendía en sus enfermedades y lo asistía en sus mínimos caprichos y le leía novelas de Jane Austen y lo complacía con sus guisos favoritos lo hizo experimentar algo que él creía extirpado para siempre de su naturaleza. Sin saber por qué, empezó a desarrollar por Emma una devoción rayana en lo sacrílego. Se acercaba a ella como se acerca uno a los santos, con el mismo respeto y la misma inexplicable piedad. Le confiaba los síntomas de su mal más reciente; le pedía favores; le suplicaba que leyera un artículo recién terminado sobre el que albergaba dudas, sobre todo de redacción. Fatigado por no avanzar o por tener la sensación de estar como la Tierra, dando vueltas sobre su propio eje en relación con su estudio, se acercaba a oírla parlotear, a observarla curar o limpiar o copiar sus recetas, o simplemente a verla dirigir esa casa de locos. Su dependencia por esa mujer que a pesar de su edad había parido y estaba en el proceso de criar diez hijos se multiplicaba, como soñara Malthus, de modo exponencial. El científico autor de *Population* que creyó dar en el clavo en su diagnóstico sobre la monstruosa reproducción de las especies no calculó que una emoción puede crecer y reproducirse en cada detalle a tal punto que el organismo que la padece se ve incapaz de sobrevivir sin ese estímulo. Muy a menudo, a pesar de hallarse inmerso en su estudio, Charles la iba a visitar a la cocina, donde ella horneaba un pastel de carne o desmoldaba un flan y daba vueltas a su alrededor como abejorro; le decía "mami", le agradecía los platillos que pronto iba a degustar y le recordaba cuánto más grande de espíritu que él era ella. Emma, que era requerida para nutrir y curar y escuchar la suma infinita de síntomas de su esposo no tuvo razón para extrañar la vida que hasta entonces había tenido; una existencia dedicada al cuidado de otros que la salvaba de la tristeza y el dolor, pues la forzaba a olvidarse de sí misma.

Pero a diferencia de lo que luego de casados sintió él, unos cuantos días junto a Charles bastaron para hacerla darse cuenta del horror. Muy pronto no habría lugar para sentir otra necesidad que la de ese hombre de mirada nostalgiosa que a cambio estaría la mayor parte de sus horas contemplando al resto de las especies del mundo animado e inanimado. Y se dio cuenta de que no le quedaría otro tiempo para ella que el tiempo de la vida eterna. A poco de descubrir su única posibilidad escribió una carta a su marido en un tono que no admitía lugar a la ironía o a la broma. Tenía que llenar ese vacío doloroso que no podría salvar por la disimilitud de las creencias entre ambos. Que no creyera en Dios ni en las sagradas escrituras ni en los seis días de la Creación ni asistiera a misa los domingos la tenía sin cuidado. En cambio, no estaba dispuesta a dedicar esta vida a ese hombre ensimismado sin la garantía de que la otra le estaría dedicada exclusivamente a ella.

Pero era importante saber la verdad.

Había otra razón por encima de las demás razones para corroborar de una buena vez que estaba pasando sus días con el ser adecuado. Tenía que ver con aquella mentira de Etty. Quería poder querer libremente, sin la sensación de estar cuidando de alguien por pena o como una forma de pago a cambio de un techo o compañía o alimento. Quería querer sintiendo cualquier cosa menos una sensación de orfandad. Así que escribió.

La carta decía que, pensara él lo que pensase sobre la Creación o el más allá, ella sabía que él no podía obrar mal mientras fuera en conciencia y con un deseo sincero de hallar la verdad. Pero que aun sabiendo que decía la verdad ello no bastaba para darle consuelo. Qué tal si esa costumbre de la ciencia de no creer en nada hasta que se demuestre de manera palpable lo hubiera privado de algo más sutil e imperceptible. Qué tal si lo hubiera vuelto ciego a la revelación. La influencia letal de su hermano Erasmus, tan dado a la despreocupación y el escepticismo, podía estar obrando en él de forma inadvertida. El influjo de un hermano mayor —lo sabía por experiencia— era algo muy difícil de sacudirse. Por último, le advertía, aunque con bastante tacto, del peligro que corría su alma inmortal si todo era un error de su parte y no podía ser salvado en el momento final. Iba a ser una pena —y no le recordó que sería también una pésima inversión para ella— si la incredulidad o la falta de tino de él la excluía también a ella. "Y me haría muy infeliz pensar que no nos pertenecemos el uno al otro para siempre", rubricó, dejando la pregunta abierta.

Él recibió la carta y la leyó. La guardó y la releyó muchas veces, besándola lleno de ternura por aquella que le había brindado atenciones, cuidados, hijos y compañía. Sobre todo compañía. Recordó con amargura la rúbrica con que había terminado esta frase en su juventud: "en todo caso, mejor que un perro".

¿Cómo hubiera podido hablarle a Emma de su descubrimiento sobre las especies entonces?

Ahora en cambio, con las pruebas de imprenta en sus manos, a punto de ver publicado su voluminoso estudio, después de trece meses y diez días de trabajo febril, tras la recepción del paquete de Wallace, sin contar con el tiempo invertido en viajar y someterse a la cura a base de hidroterapia en Moor Park y más tarde en Ilkley Wells, en Yorkshire, donde además de ser empapado, zarandeado, secado y vuelto a empapar y envolver en paños húmedos aprendió a jugar al billar o "juego americano" y se sorprendió de ver algunos jugadores meter treinta o cuarenta bolas seguidas; después de haber terminado el manuscrito final del libro que se titularía *Sobre el origen de las especies por medio de la selección natural o la preservación de las razas favorecidas en la lucha por la existencia*, sintió el orgullo de la paternidad y el pánico de ser el autor de esa abominable criatura. Pero más pánico sintió al dárselo a leer a Emma y saber que en él encontraría la respuesta a aquella pregunta hecho años atrás, a unos días de casados.

El martes 22 de noviembre de 1859, día en que el impresor John Murray ofreció el libro que aún no había salido a imprenta a los libreros, una reseña previa a la publicación en la prominente revista *Athenaeum* preguntaba, como anticipo del cataclismo: "Si un mono se ha transformado en hombre, ¿en qué no podrá transformarse un hombre?".

Emma, que había anticipado la respuesta desde que descubrió la mentira de Etty, murmuró sin ninguna emoción: en lo que Dios siempre quiso hacer de él: una caricatura de sí mismo.

El *rating*. Lo único que importa, lo único que *nos* importa en esta estación de radio es el *rating*. ¿Cuándo empezó a volverse el pan nuestro de cada día esta cantaleta? Cuando entré a Radio América, la estación contaba con un par de noticiarios, una barra musical especializada en éxitos de los años sesenta, setenta y ochenta y El Maravilloso Mundo de la Mujer, el programa estrella. Un galimatías de conocimientos banales en que se alternaban horóscopos, consejos médicos y tips de belleza para la crianza de los niños, además de recetas. Basura para la radioescucha con tiempo libre de la clase media. Pero cuando tomé el micrófono, todo cambió.

Mi primera condición para trabajar en esa estación fue tener mi propio programa. No tuve demasiados problemas para fijar un horario nocturno, preferencial, porque no competía con el bodrio femenino al que me he referido. El antiguo dueño de la estación de radio me había contratado tras escucharme en el auditorio donde solía hablar del tema de mi especialidad para quien quisiera pagar por escucharme: los peligros inherentes al comportamiento humano frente a la sabiduría del comportamiento animal. Una exhortación a la Humanidad para pedirle su urgente enmienda. Una lamentación sobre las enfermedades endémicas del presente que yo mismo impartía ante un auditorio nutrido, creciente y entusiasta. Nunca imaginé que mis conferencias, divulgadas ahora por radio, fueran a tener tal resonancia. El dueño de la estación recibió innumerables cartas que le solicitaban ampliar el horario y un día se le exigió que permitiera al público intervenir haciendo preguntas. Al principio me negué, por obvias razones. ¿Qué podrían añadir estos oyentes —radioescuchas promedio, ignorantes e imbéciles— a la experiencia de un naturalista? Pero en los tiempos que vivimos todo ha de ser "interactivo", entendiendo por semejante flujo conseguir que nadie se quede sin sus quince minutos de fama y exponga la primera estupidez que le venga a la mente a fin de divertir al resto de la audiencia. Poco a poco me di cuenta de que algo aportaban al interés del programa y de la ciencia estas apostillas. Podían convertirse en "casos" que ayudaran a aguzar el oído ante las verdades biológicas que surgían.

Durante años, todo marchó sobre ruedas. La muerte del sentimentalismo, la sobrepoblación, la decadencia genética, todos los temas eran aceptados con un entusiasmo desmedido. Los casos presentados se narraban con bastante impudicia y peor insensatez, aunque de forma apasionada. Y aquí era donde entraba yo, para convertir la protesta en razonamiento, la justificación en prueba de atrofia de la especie al transmitirlo en forma de radioteatro en el siguiente programa. Hasta que el antiguo dueño decidió que le había llegado la hora de retirarse y dejó en su lugar a su hijo. Se trataba de un joven ignorante y melindroso, que cubría su insatisfacción con el trato despótico típico de los hijos de rico. Si se paró una vez en la emisora, fue mucho. En cambio, asignó a un "productor" la tarea de darnos lecciones a quienes habíamos hecho de esa estación lo que era. Y fue ahí cuando empezó a hablarse del *rating* y cuando se me citó en una oficina.

El productor, un joven relamido y fanático del gimnasio a quien el nuevo dueño había contratado para acicatearnos, me miraba con los ojos aterciopelados con que mira una vaca, salvo que la vaca no necesita unos lentes de diseñador para producir ese arrobo. Si alguien hubiera presenciado esta escena diría que más que reconvenirme, el productorcillo de quinta me estaba seduciendo. Y tendría razón. La táctica de trabajo de este miembro inferior de la especie que no obstante se sentía un elegido de la Madre Natura era aplicar los gestos habituales de quien corteja, sin tener ninguna intención erótica pero muy consciente del modo en que ejercía su pequeño poder. Y armado de una agenda electrónica y una pluma *Mont Blanc* empezó a recorrer las cifras que marcaba la primera, señalándolas con la segunda, apoyado en una fe y un orden natural del mundo en que el parentesco de marcas es el quid de la cuestión. ¿Qué había detrás de esta sinrazón? ¿De esta desmesurada confianza en un orden natural o sobrenatural al que el mercachifle llamaba mercadotecnia? Lo único que cuenta es cuánta gente llama, me dijo, y cuánta gente escucha la estación. Así de simple. Yo miraba el ordenador con la vista fija con que el pez gupi mira las burbujas del buzo de plástico puesto al fondo de la pecera, con cierta piedad o cierta ironía pero con la expresión impávida de quien entiende que clasificación no quiere decir ni parentesco remoto siquiera.

—Maestro, su problema es que no deja hablar al radioescucha —me dijo—. Apenas inicia con su problema usted se arranca con su sermón. Además, cuenta la historia por ellos, cuando se transmite el radioteatro.

Sin quitar los ojos de la pantalla me señaló otros programas que tenían más *rating*. El Maravilloso Mundo de la Mujer, me dijo, con todo y ser un programa de la barra matutina, alcanzaba un número de llamadas por emisión que superaba al mío, que tenía horario preferencial. ¿Y por qué?

Porque últimamente acaparaba el tiempo del programa con mis escenificaciones, donde reinterpretaba sus historias y las presentaba como "casos típicos". Y todo ¿por qué?

—Porque usted no entiende, maestro, que lo que la gente quiere hoy es hablar. Escuchar es algo que pertenece al pasado. Y, la verdad sea dicha: porque en resumidas cuentas, no deja intervenir a nadie que no sea usted mismo.

Iba a contestar, pero para qué. Tenía frente a mí un caso de *Homo Neanderthalensis* típico.

—No entiende que el sentido de esta emisora es dar un servicio social, maestro —dijo.

Sonreí, no pude evitarlo. Como si cualquiera con un mínimo grado evolutivo no supiera que lo que está detrás del famoso *rating* tiene que ver con costos, ganancias y número de anunciantes, es decir, con dinero.

—¿A dónde quieres llegar, Gerardo? —le pregunté, valiéndome de la autoridad que me daban mi edad y mi antigüedad en la estación, por no hablar de mis conocimientos.

Se quedó de una pieza, o fingió que se quedaba.

—Simplemente a decirle que usted, que ha sido el rey de nuestra estación por tantos años, ha ido perdiendo auditorio. Pero que podría recuperarlo con tan sólo ser un poco más empático, más incluyente.

"Empático", "incluyente", "producir sinergias", todo ese lenguaje de manual me agredía, pero más me ofendía que el indesasnable junior pretendiera esconder sus verdaderas intenciones y minimizara mis conocimientos en expresión animal.

—Por eso vivimos al lado de las bacterias —dije—. Para no olvidarnos que no hay tanta diferencia entre ellas y nosotros.

El bobo de pelos engominados se sonrojó.

—Discúlpeme, maestro, pero los insultos no se los admito —dijo.

Cómo disfruté ese momento.

—A qué insultos te refieres —dije—. Lo único que hago es ilustrar con una frase lo que tú haces con tu gráfica: todos los seres vivos actuales provenimos de la primera célula que surgió en el proterozoico, y aunque algunos organismos hayan cambiado más que otros, todos compartimos características que mi programa tiende a mostrar. Venimos de una gran familia, de la que desafortunadamente, hoy más que nunca, algunos se quieren disociar.

Se quedó mirándome, con suspicacia. Pero yo seguí, con absoluta seguridad:

—Atacamos el medio, torturamos y destruimos a nuestra especie y a las otras, pervertimos las normas básicas de la evolución. Lo que hago en mi programa es recordar lo que fuimos y hacer que quienes se han alejado de este camino, regresen. De modo que la misión educativa por la que se me contrató se cumple; lo mismo que la función social.

Lo había puesto en aprietos, se veía. Se quitó los lentes y sacó un sobre de papel que rompió con la delicadeza propia de sus dedos manicurados del que extrajo un paño desechable especialmente diseñado para limpiar anteojos. Como si esta actividad requiriera de toda su atención, dijo sin mirarme:

—Nunca hemos dudado de la importancia de su programa, maestro.

¿Quiénes no habían dudado? ¿Por qué, de pronto, me hablaba de necesidad cuando hasta hacía poco se había referido a mí como alguien a punto de ser extinguido?

—Lo que hago simplemente es invitarlo a subir el *rating*. A ser el número uno como ha sido hasta ahora.

—¿A cambiar calidad por cantidad? —pregunté con toda mala intención.

Del *Australopithecus afarensis* al *Homo sapiens* había un salto mínimo de 3.5 millones de años, dato que estábamos comprobando en ese momento.

—No necesariamente —intentó.

—Por supuesto que sí. Pero no te apures, Gerardo. Sé entender las necesidades farisaicas del mundo que me tocó habitar y procuro adaptarme a ellas.

Esto último lo decía en serio. A partir de ese momento supe que tendría que buscar un lugar distinto; que tendría que migrar, como se dice ahora y se dice correctamente, de plataforma, de hábitat. Que tendría que hallar, como hizo el Padre de la biología, un método distinto para continuar con mi estudio.

Y eso fue lo que hice.

Pero si todos los seres orgánicos tienden a elevarse de este modo en la escala, puede hacerse la objeción de ¿cómo es que, por todo el mundo, existen todavía multitud de formas inferiores, y cómo es que en todas las grandes clases hay formas muchísimo más desarrolladas que otras? ¿Por qué las formas más perfeccionadas no han suplantado ni exterminado en todas partes a las inferiores?

Ch. D.

Caso seis
Autodepredación

Tu voz es grave y pastosa y da la nota más alta sin previo aviso. Tu cara tiene barros y brilla aunque te la laves varias veces. Entre más la tocas, más se llena de barros. Te están ocurriendo cosas y los demás no parecen darse cuenta. Feliz cumpleaños. No te lo dirán pero ¿qué te importa? Tú piensas: sólo los ricos celebran su cumpleaños. Tienes unos cuantos pelos en el pecho y la barba y alrededor del sexo; eso tú y yo lo sabemos y nos basta. Los del sexo, duros y rizados, los tocas con frecuencia. También sabes otra cosa. Ha habido un dolor agudo. Fue el día en que algo se descolgó desde dentro y se llenó tu escroto. Te ocurre algunas otras veces también. Eso te hace sentir poderoso y vulnerable, al mismo tiempo. Saber que te has vuelto vulnerable te preocupa: ahora hay una parte de tu cuerpo que tienes que proteger. Pero te diré algo: lo que realmente tienes que proteger son tus sueños. Los que ahora tienes no se parecen a nada. No dejes que te los quiten. Sueños húmedos, trepidantes. Te despiertan con una sensación de vértigo. No hay nada antinatural en ello. Ni siquiera en la forma que adquieren esos sueños, pistones enloquecidos, agujeros, movimientos súbitos. Hoy cumples trece años. Pero nadie vendrá a festejarte. Además, los festejos son ridículos. Te pido que sigas contándonos tu historia, a mí y al auditorio del programa. Tú dices que no tiene sentido, que no sabes ni para qué llamaste. Pero algo te hace cambiar de opinión y antes de inhalar, recuerdas:

Tenías que ganarte el dinero, pidiendo en la calle o robando. No es que no tuvieras padre sino que asististe a un desfile de padres que se quedaban a dormir en tu casa antes de que tu mamá se fuera con alguno. Cuando tenías diez años, te escapaste de tu casa. Caminaste durante más de dos horas, hasta darte cuenta de que estabas rendido. Tocaste el timbre en un edificio antiguo de muros cafés, de unos cuatro pisos. Cuando el hombre de quijada prominente abrió, dijiste que buscabas trabajo. Un niño de diez años pidiendo trabajo como si fuera un señor. Lo dijiste con tanto aplomo que el plan funcionó. El hombre te franqueó la entrada y te llevó a la oficina donde estaba el administrador. Dijiste: sé barrer, limpiar, tender camas. Puedo fregar excusados o hacer lo que se necesite. ¿Y dónde adquirió esa experiencia? te preguntó el administrador del hotel o de lo que tú creíste que era un hotel. O el jefe del lugar. Un edificio antiguo que tenía muchos cuartos. La adquirí en mi casa, señor. Y cómo la adquirió. Te gustó que te hablara de usted y respondiste más seguro de ti mismo: porque eso es lo que hago antes de salir a la calle a pedir dinero. El administrador o quien fuera, sonrió. Te preguntó tu nombre. Tú, astutamente, te lo cambiaste. El administrador asintió, repitiendo tu falso nombre, sin el apellido. Te miró de arriba abajo. ¿Y qué más te ponen a hacer? No supiste por qué, pero esa pregunta te incomodó. También te molestó que te llevaran a un cuarto al que después entraron dos hombres más, te incomodó saber que era un seminario donde estabas y no un hotel. ¿Esto también lo sabes hacer? te preguntó uno de los hombres sosteniéndote boca abajo mientras te sometía y comenzaba a sodomizarte, al tiempo en que tú tratabas de no pensar en lo que estaba ocurriendo e imaginabas que primero tu abuela y después tus hermanos se desesperarían, lamentarían tu fuga y te buscarían, pero nadie te buscó. Antes de que te echaran a la calle, uno de los tres hombres te gritó que si se te ocurría decir algo ellos explicarían que habías entrado a robar y pedirían que te arrestaran y te encerraran en los separos. Entonces tú sonreíste con la sonrisa del cura que te sodomizó primero, era lo único que podías devolverle y se lo devolviste. Luego, te diste por vencido. Tenías la ropa manchada de sangre y cuando volviste a tu casa simplemente dijiste que te habías peleado. Fue extraño, pero esa vez tu abuela no te gritó ni te arrojó objetos ni te dio una bofetada.

Dijiste todo esto al aire, los radioescuchas no tardaron en llamar indignados para solidarizarse contigo, algunos compartieron experiencias similares o simplemente hablaron para mostrar su rabia y darte consuelo. No pediste consejo, pero de cualquier forma te lo di. Tengo el principio de devolver siempre un servicio. Durante los comerciales, hice lo que solía hacer con algunos: te di mi dirección electrónica y te invité a formar parte del proyecto. Después no supe más de ti pero pude imaginarte. Fuiste al café internet y subiste tus fotos, para mi sitio. Comprobaste lo formal que soy. Enseguida te envié respuesta de recibido. Pronto te viste en lugar preferencial, mostrando tu cuerpo en su esplendor, seguido de una ficha estrictamente científica, pasando a la posteridad. La última vez que nos vimos, a través de la *web cam*, te dije lo mismo que pienso hoy. Que eres un ejemplar magnífico. No sé dónde estés ni qué haya sido de ti. En cambio, el adolescente desnudo que sonríe en la red es eterno. No tiene rastros de haber comenzado a inhalar sustancias tóxicas. Está en el momento previo a que su cuerpo y su cerebro empiecen a dar muestras del irreversible deterioro.

Espero que, igual que muchos de nosotros, hayas tenido oportunidad de verte y leer los comentarios que te hicieron desde distintas partes del orbe (48,000 visitas en un día). Comentarios que no dejarán de hacerle a aquel que fuiste.

Desde las primeras semanas se convirtió en un acontecimiento. Ya no comentaban los casos a través del programa de radio. Ahora lo más interesante sucedía en Internet. Mi sitio fue concebido como un espacio para mentes avanzadas, ansiosas de contribuir al proyecto científico de mostrar ejemplares a punto de involucionar; seres en plena mutación que accedían a colgar sus cuerpos y sus historias en el primer laboratorio cibernáutico.

A diferencia de lo que ocurría en el pasado, donde se hacían prácticas con animales o con personas a través de engaños, hoy la ciencia permite que los especímenes humanos participen en un experimento por voluntad propia. Los ejemplos abundan, sobre todo en lo tocante a asuntos médicos. Se paga a individuos de un rango específico para que prueben una sustancia nueva o duerman una noche en una habitación acondicionada a fin de llevar a cabo el experimento bajo el influjo de alguna sustancia o atados a monitores que registrarán los efectos que un estímulo produce en sus cuerpos. Normalmente, las cobayas humanas son reclutadas a través de anuncios y obtienen alguna retribución. No siempre se trata de dinero. A veces, estos individuos aceptan participar del experimento porque padecen alguna enfermedad y desean probar un nuevo protocolo médico, porque desean experimentar con alguna sustancia o bien lo hacen a cambio de un techo y alimentos. Así de simple. ¿A quién puede extrañar entonces que en mi caso fueran los propios radioescuchas quienes propusieran exponer su situación de forma más completa que hablando brevemente al aire durante mi programa? Habiendo tantos sitios de Internet donde los voluntarios exhiben sus cuerpos con fines pecuniarios o por el simple placer de hacerlo ¿por qué asombrarse de que hubiera tantos interesados en colgar sus fotografías, filmarse, hablar de sí mismos y exponer su caso, dejar que lo narrara yo a través de una ficha, y enviar las fotografías al Museo?

El inicio fue absolutamente asombroso. No hay nada más apasionante que ir detectando el proceso de deterioro y volverlo objeto de estudio. Si en un principio hay cierta previsión, un prurito moral que nos impide ver el descenso con la misma curiosidad fascinada con que vimos nuestro desarrollo, esto se debe a un prejuicio social. Del mismo modo en que no se nos prepara para vivir la vejez y ver la muerte como algo natural (cosa que sí viven y tienen anotado en sus genes seres de otras familias, como los *elephantidae*) tampoco se registran los cambios físicos y síquicos que experimentamos después de alcanzar la mitad de la vida. Por eso era interesante, además de inédito, poder anotar el instante en que se ha tocado el clímax como especie y registrar, a partir de ahí, la caída. La primera cuestión a discernir, por supuesto, es: ¿cuál es ese momento? ¿Cuándo empieza el *Homo sapiens* a dejar de serlo y se convierte en algo más? ¿Coincide este momento con el término de la juventud, necesariamente?

Una de las variables que lo hacen mutar como especie es la tecnología. Pero no nos hemos puesto de acuerdo en el nivel de tecnologización que nos separa del animal *que sabe* para cambiarnos por el animal que ha dejado de saber y *se manipula*. ¿Había dejado el *Homo sapiens* de serlo con la implantación de prótesis en el cuerpo? ¿O el inicio de la caída se hallaba en la invención de la prótesis externa? Vivimos una época de deterioro físico palpable que en muchos países avanzados y no avanzados se ha vuelto pandemia. Los cuerpos nunca vistos en la historia de la humanidad (seres de más de trescientos kilos, cuyas casas deben ser derruidas a fin de poder sacarlos al mundo) ¿son responsabilidad exclusiva de la tecnología y la manipulación genética de alimentos? ¿O su monstruosidad tiene que ver con conductas adquiridas, a las que se obliga a la especie a llegar para el enriquecimiento de unos pocos? ¿Se trata, entonces, de otra suerte de selección natural?

Todo esto preguntaba en mi sitio de internet. Que en un principio se llamó, no sin cierta ironía *Inteligencia Adquirida: El origen de la involución.*

Pero si las causas que llevaban a cierta especie de homínidos a romper los límites eran discutibles, a nadie le cabía la menor duda, en cambio, de que los tipos aparecidos ("colgados", como se dice en la jerga digital, como hacen nuestros primos hermanos los monos en las ramas de los árboles) en mi sitio web eran ejemplos fehacientes de involución. Criaturas captadas en el instante previo o bien individuos especiales que se ofrecían como voluntarios para registrar la caída.

Al principio, utilicé un método de reclutamiento bien simple, algo que hoy nos parece antediluviano pero que apenas hace unos años era la forma de ponerse en contacto con la audiencia. Consistía en dejar la llamada abierta y comunicarme con los radioescuchas elegidos durante los comerciales de la estación de radio. Antes que nada, les pedía su anuencia; jamás hubiera tomado una muestra que no hubiese estado de acuerdo en participar en el experimento.

Les sorprenderá saber que los sujetos elegidos no sólo accedían a que su historia fuera divulgada y clasificada, y a que este experimento se diera a conocer a través de la red. Les producía una extraña excitación que sus casos fueran comentados no sólo por mí, a través de las fichas, sino también por sus contemporáneos. Mostraban gran curiosidad de saber a qué categoría pertenecían. Qué opinaban los demás. Algunos hubieran querido responder de inmediato a quienes los buscaban en el sitio y dejaban su comentario. Insistían en ser fotografiados y expuestos sin ocultamientos a la mayor brevedad. Hubo incluso quienes me prometían dar aviso a cuanto conocido tuvieran a fin de que el número de visitas del sitio aumentara.

Me sentí sorprendido. Rebasado. Situado frente a un problema que Darwin no conoció. Desde luego, el padre de la biología no tuvo que pedir permiso a los pájaros ni a las rocas, menos a las plantas que reunió en los distintos puntos de escala del Beagle. ¿Qué habrían dicho mis contemporáneos de muchas de las formas en que el genio llegó a hacerse de varias de las especies reunidas? Hoy día, la Sociedad Protectora de Animales le hubiera fincado responsabilidades simplemente por el hecho de haber ultimado a tantas y tan variadas especies y haberse montado en el caparazón de una tortuga gigante en las Galápagos con el solo fin de cabalgarla sin que lo tirara al suelo. Y ustedes, ¿qué creen, que en el caso de la recopilación de moluscos estuvo muy atento a respetar la veda? ¿Que se reprimió de bajar aves que se encontraban alimentando a sus polluelos directamente del nido? ¿O que le importó la forma en que otros colegas daban muerte a patos, aves, mamíferos inferiores y superiores de los que solicitaba que le enviaran el plumaje y las pieles, eso sí, en buen estado?

Sonrío tan sólo de imaginar la cantidad de miramientos que tuve con los participantes del proyecto. Era yo quien tenía que aclararles que no debían usar su nombre y apellido verdaderos, que en la clasificación biológica de la especie esto no importaba; de hecho, era intrascendente. Que el nombre de "Lucy" impuesto al esqueleto del homínido más antiguo encontrado hasta ahora es una mera convención, un "*nomme de plume*" por así decir. Pero ellos, es decir ustedes, insistían: no. Queremos aparecer como somos, que viva el libre derecho de expresión. Es increíble el exhibicionismo del *Homo sapiens*. Ni el pavorreal (*Pavo cristatus*), ni el león (*Panthera leo*) con su melena, llegan a este límite. Y en el caso de aquellos animales que se pintan o adornan, lo hacen con fines reproductivos. Nunca se ha sabido del caso de un animal no humano con malformaciones o en etapa senil cuyo objeto sea situarse a mitad del camino para que otros miembros de su especie lo compadezcan o lo admiren. Sí, sé que se me refutará, aludiendo al caso del chimpancé (*Pan troglodytes*) que gusta de masturbarse ante los homínidos que van a verlo al zoológico. Me es preciso aclarar que la masturbación expuesta en algunos primates opera como un arma defensiva. Equivale al mimetismo de algunos insectos o a la cortina de tinta que lanza el pulpo. No obstante, dado que el ejemplo se refiere a un individuo en cautiverio, acepto la réplica. Ahí hay exhibicionismo. En todo caso, esto sólo refuerza la teoría del sabio naturalista: tenemos un parentesco con los simios más cercano del que querríamos aceptar.

Apenas estuvo listo el sitio web, mi trabajo se multiplicó de modo no previsto. La cantidad de visitas a unas semanas de abierto creció al punto de alcanzar casi el millón. El número de voluntarios se volvió apabullante. Ya no tuve que citar a jóvenes o viejos en mi casa; las fotografías me llegaban por docenas. Ancianos, adultos en distintas etapas de descomposición, incluso menores de edad. Además del adolescente cuyo caso he transcrito y quien fue el último espécimen en ser fotografiado en mi casa (me costó mucho trabajo convencerlo de que no pretendía nada más de él, de que debía abandonar mi domicilio cuanto antes y no buscarme más, pues dio en presentarse a horas imprevistas y quedarse parado, tocando el timbre, en la puerta de mi casa, por un largo periodo), comencé a recibir por correo electrónico las historias de una variedad enorme de mutantes. Estaban aquellos que ya no se relacionan con otros grupos humanos salvo a través de aditamentos electrónicos o quienes ofrecían sus órganos por el simple placer de hacerlo. Chicas que querían perder la virginidad conseguida mediante cirugía a cambio de alguna ganancia financiera, seres que confesaban ser hombres encerrados en cuerpos de mujeres o viceversa, y demandaban el cambio físico inmediato; criaturas que decían degustar la carne humana y ofrecían comerse a otros o pedían ser comidos. Ahí había algo de interés. En cambio, me negué a admitir a quienes asesinaban o disfrutaban torturando, aunque esta práctica fuera intrínseca al reino animal. Los animales no torturan con fines exhibicionistas. Por supuesto, mi decisión provocó protestas. Pero yo no me inmuté.

El criterio para elegirlos era muy simple. Muchos animales matan, torturan, despojan e incluso disfrutan haciendo sufrir a su víctima antes de acabar con ella. Basta ver a un gato (*Felis catus*) "jugando" con un ratoncillo o con un escorpión. En cambio ninguno se causa daño a sí mismo voluntariamente con un objeto punzocortante como es tan usual en chicas de todo el orbe, y en algunos chicos. Ni se hiere o se lastima por el solo gusto de hacer sufrir a otro, principalmente a su progenitor, ni deja de comer si no es por estar enfermo.

Mi sitio de Internet estalló. Los ejemplares elegidos llegaban desde cualquier lugar del mundo sin que me pudiera dar abasto. No era necesario solicitar, como hizo Darwin conforme avanzaba en su investigación, el envío urgente de especímenes. Junto a las fichas y las fotografías de las muestras aparecía la historia que explicaba su particularidad. En un blog aparte, había espacio para colocar los comentarios de quienes participaban de este estudio (ustedes), como en su momento lo hicieron Lyell, Hooker, Wallace, o Assa Gray con el trabajo de Darwin, por escrito. Por esta razón no entiendo por qué si todo iba tan bien tuvo que complicarse cuando las mismas mentes comprensivas que me ayudaron a alimentar el proyecto (ustedes) con tanto ahínco, empezaron a atacarme un día. No lo comprendo. La única explicación que me doy en las noches de insomnio en que a pesar de estar donde estoy no dejo de asombrarme del grado de avance y de imaginar el sitio al que hubiéramos podido llegar de haberse completado mi estudio, es que su necedad como especie en franca decadencia pudo más que su afán científico.

Puedo rastrear el origen, eso no es difícl. Todo comenzó cuando apareció *ella.*

Un homínido hembra con un grado de involución tan obvio que ninguna prueba científica hubiera podido intentar una refutación. ¿Por qué entonces la negación a seguir con el estudio? ¿Por qué ese encarnizamiento tan atroz? Eso es lo que les pregunto. Y por qué contra mí, en todo caso, cuando no fui más que el vehículo a través del cual quiso ella exhibirse. ¿Cómo justifican que habiendo un procedimiento científico detrás de la exposición de su historia, como puede verse en cada uno de los pasos, haya habido lugar a un cuestionamiento que pugne por "bajarla del sitio", "modificarla", "hacerla reversible"? ¿Se imaginan a Darwin queriendo enderezar el pico de un pinzón a fin de negar su propia teoría?

Digan ustedes lo que quieran. Si hubiera marcha atrás y volvieran a presentarse los hechos tal como ocurrieron, actuaría como lo hice. Y les impediría a ustedes modificar un espécimen propuesto y por tanto, pervertir el resultado de un estudio que nos hubiera hecho comprender lo que ya no comprenderemos por culpa de sus moralismos, de su afán por modificar las leyes de la ciencia y por su absurda intervención.

En ningún caso, probablemente, el tiempo ha sido suficiente para permitir todo el desarrollo posible. En algunos casos ha habido lo que podemos llamar retroceso en la organización. *Pero la causa principal estriba en el hecho de que, en condiciones sumamente sencillas de vida, una organización elevada no sería de utilidad alguna; quizá sería un positivo perjuicio, por ser de naturaleza más delicada y más susceptible de descomponerse y ser destruida.*

Ch. D.

Caso siete
Involución

Es un negocio peligroso, rápido y lucrativo. De lo primero no tenías idea, de lo segundo y lo tercero estabas convencida. Y es que tú controlabas cuánto comías y qué debías hacer después. Tu familia tenía una posición económica privilegiada: podías decir "hoy no tengo hambre" o "esto me cayó mal ayer" e ir adaptando un menú hecho a tus intereses con la adicional ventaja de obligar a los otros a dejarte en paz. Encontraste una actividad perfecta. Iba de acuerdo con tu personalidad. En tu escuela habías oído decir que lo importante es dedicarse a hacer lo que realmente le gusta a uno; que esto es esencial en cualquier profesión, porque a ella dedicamos la mayor parte de nuestra vida. Pronto te diste cuenta de que esto era verdad. En tu caso, se trata de una actividad de tiempo completo. Igual que ocurre con el arte. Quienes se dedican a éste, cuando no están ejecutando su obra (interpretándola, esculpiéndola, escribiéndola) están pensando cómo estructurarla. Las horas en que un artista está en lo suyo son todas, porque aun en los momentos en los que parece estar ocupado en algo práctico o conviviendo con otros, está absorbiendo la materia de la que estará hecha su creación. Más que una vocación, es un sentido de vida. Una forma de *ver*. A ti te ocurrió lo mismo: encontraste una manera de entender el mundo. Habías dejado de aburrirte.

Comenzaste jugando con pesos y medidas. Sabías que tu cuerpo debe gastar más energía de la que consume.

Pero eras selectiva en el tipo de alimentos, más que en la cantidad. Los de bajo nivel calórico eran tu primera opción, aunque no siempre. Sabías que un trozo de chocolate en todo el día da mejores resultados que varias comidas ricas en proteínas o en verduras. Vale más una gota de miel que un barril de no importa qué; tú eras fuerte, podías soportar muy bien el hambre. ¿O no sirve para eso, también, la voluntad? Las gordas y gordos a quienes desprecias son para ti el símbolo acabado de la falta de carácter. Lo que te da asco no es la gordura en sí misma, o no sólo. Son las disculpas que se inventan, el aspecto blandengue, el descuido. El autoengaño, siempre a flor de piel. La falta de lógica: es gente que prefiere enfundarse en fajas, untarse gelatinas que calientan o congelan los músculos, que hacen sudar la piel; embadurnarse cremas, tomar píldoras de lo que sea o vestirse como tienda de campaña antes de renunciar a aquello que los hace estar como están. Es la estupidez. Si alguna vez logran verse bien es por poco tiempo. Lo tuyo, en cambio, es definitivo.

Empezaste deseando resultados palpables; querías una prueba de tu tesón. Para ello te sirvió la báscula. Luego, sucedió todo muy deprisa. La ropa te quedaba holgada aunque conservabas el mismo aspecto. Y cuando ibas a las tiendas te quedaban las mismas tallas. Como si los comerciantes las redujeran. La talla siete se volvió en realidad la cinco, la talla uno, inexistente hasta hacía unos años, ahora era cero. Tus amigas fueron las primeras en decirlo, que estabas empezando a exagerar. Que estabas *demasiado* delgada, que te veías demacrada, mal. Pero ¿qué quiere decir "demasiado" en términos objetivos? ¿Qué significa cuando las oías quejarse por estar siempre a dieta, inconformes con sus propios cuerpos? Acabaste por darles la razón (o por hacer como si se la dieras) y por comer sólo frente a ellas. Podías vomitar después. Al principio, devolvías pasteles, flanes, chocolates, todo lo que estuviera constituido por carbohidratos complejos; después, devolver cualquier alimento se volvió un hábito regular. Los dientes se fueron desgastando y tenías episodios de gastritis que duraban cada vez más. La depresión fue en aumento. Pero eso no era lo peor ni de lejos.

Lo peor fueron los reproches de tu madre (que estaba siempre a dieta, por cierto), las amenazas de tu padre. Tener que ir con médicos de todo tipo: homeópatas que te daban grageas que arrojabas a la basura; nutriólogos a los que les dabas lecciones; hasta endocrinólogos, cuando se te suspendió la menstruación. Todos afirmaban que estabas sana. Eras la mejor estudiante, la más cumplida en el gimnasio, la que se podía quedar hasta altas horas de la noche en las fiestas, fumando y bebiendo té. Si eso era estar mal ojalá estuvieran mal los otros, tú eras la que tenía más energía, incluso de noche, cuando el resto caía exhausto, como fardo. Habías obtenido lo que querías y obtendrías más, incluso si llegabas a albergar un capricho. Bastaba con violentarte con tus padres o con los demás. No sentiste miedo en ningún momento, incluso cuando comprobaste que no volvías a menstruar. Estabas segura de que algún mes volvería la sangre y si no, un problema menos. La única del grupo que no sentiría cólicos ni se lamentaría de no poder disfrutar la playa o usar una tanga blanca. No te equivocaste tú, sino los demás. El día que cumpliste cinco años con tu novio, él te citó en un restorán y terminó la relación. No alcanzaste a encender el primer cigarro cuando ya te había tendido la mano y sin más explicaciones te llevaba, hecha un mar de llanto, al coche. El grupo de amigas empezó a dejar de llamarte. No dijeron por qué. El mundo te dejó sin explicaciones.

Yo te escuché. Te concedí no uno, sino dos programas al aire, mis dos últimas emisiones. Tenías mucha necesidad de hablar. Mucha rabia contenida. Y yo me sumé a tu enojo y tu rencor. Te expliqué lo que tantas veces les dije a mis radioescuchas. Que estamos demasiado atentos a la apariencia de los demás. Me permití citar mi caso, pues desde chico no hubo quien no me despreciara a causa de mi fealdad. De mi diferencia. ¿Pasa esto con los animales?, preguntaste ese día. Te respondí que sí y no. Depende. Cuando alguno tiene una desventaja física, los miembros de su especie lo aíslan, para que muera. Es una forma natural de la piedad. Le hacen la vida más corta y por tanto menos miserable. Pero no era esa mi situación. En mi caso particular, no hay un defecto físico que me impida desempeñarme como cualquier otro miembro de la especie. Los insultos eran por no ser "agraciado", por ser chaparro, por ser moreno. Por pertenecer a otro grupo étnico y social. Pero tu caso es distinto. Se trata de una aberración. Si un mamífero deja de probar alimento es porque tiene una enfermedad, te expliqué. Si el ayuno continúa, los otros miembros del grupo saben que ésta es incurable y en ese momento se retiran para evitar un posible contagio. Pero ninguno deja de comer sin una razón biológica. Tú en cambio te empeñabas en alcanzar lo que sólo en tu cabeza podía ser bueno. No estabas entre los ejemplares bellos de la especie y como te dije, no tenías remedio. Pero tú insististe en hablar conmigo en el corte comercial.

Recuerdo que miré por la ventana del estudio y suspiré. Había llegado el otoño y el viento dejaba un saldo de polvo y hojas. Pronto pasaríamos de la grisura del otoño a la grisura invernal. Un clima franco y claro, sin medias tintas. Un trato. Eso me dio la inspiración.

No eres un ejemplar digno de este programa, te dije, eres claramente un ejemplar más de quienes quieren ser vistos a toda costa, porque sí. Tú dijiste con una voz tranquila que estabas al tanto de mi proyecto, que querías formar parte de los seres exhibidos en la red. ¿Cómo voy a colgar un cuerpo como el tuyo?, te pregunté. Te verían por morbo, no por interés científico. Las visitas a las páginas electrónicas donde se exhiben aberraciones humanas son muy concurridas ¿por qué no te vas allá? Insististe en que éste era tu lugar, que necesitabas formar parte de este proyecto. Ese es el problema con las anoréxicas. Que quieren ser vistas a toda costa y necesitan ser creídas en sus falsas motivaciones, comenté. Que quieren que creas en su estupidez. Creen que gozan de una apariencia angelical y que lo que hacen es lo más natural del mundo. Pues no lo es. Estaba ya cien por ciento seguro de que te colgaría el teléfono en ese que era mi último programa de radio y había ya anunciado la dirección de mi página web cuando una imagen cruzó delante de mis ojos. Era el Padre de la biología, azorado ante las variantes atípicas de cirrípedos. Con un gesto que oscilaba entre la sorpresa y el fastidio, Darwin descubría en los percebes algo que no imaginó que pudiera existir en criatura viviente alguna. Ejemplares con sexo masculino, con sexo femenino, con los dos sexos. Al encontrarse con un espécimen que echaba por tierra todo tipo de norma estudiada hasta ese momento, supo que tendría que hacer un paréntesis e incluir la diferencia en su estudio. En vez de desistir y hacer a un lado este caso, Darwin se aplicó a su observación con denuedo. Dedicó muchos años al estudio de la atipicidad de los percebes. Y yo, al encontrarme contigo, no podía hacer menos.

Antes que nada, quiero presentarme a ustedes, escribiste en el muro a un lado de la fotografía que colgaste la primera vez. Desde entonces, pude percibir (no sé los demás, en todo caso *yo* lo percibí) no sólo tu experiencia en los medios electrónicos sino tu desequilibrio. Tu cuerpo esquelético estaba cubierto tan sólo con un vestido transparente, de tul. Debajo de él, las costillas sobresalían y tus pezones miraban asombrados de hallarse sobre unas mamas inexistentes. Dijiste llamarte Ana, tener veintiún años, ser de raza blanca (¡como si los neodarwinistas todavía creyéramos en ese concepto de raza, con todo y que no me identifique del todo con ese grupo!) y tener una canción, compuesta por ti, a la que acudías cada vez que sentías apetito. "Les recomiendo buscar otras páginas donde encontrarán más Anas", dijiste. "A nuestro modo, todas somos reinas en nuestra forma de vida".

Desde ahí debí haber sospechado que te proponías desvirtuar un estudio científico para hacer propaganda proselitista. Pero pensé: "vamos a ver hasta dónde es capaz de llegar un espécimen como éste". Sin ningún pudor, hiciste un listado de consejos que querías dar a otros, o más bien dicho a otras, para servirles de inspiración. He sufrido mucho, comenzaste a actuar tu historia por escrito, en un tono lastimero. Desde niña, me humillaron varias veces. Mi madre me llamaba "gorda asquerosa" y "bodoque" cada vez que me llevaba a la boca un dulce o cuando descubría que me había comido las barras de chocolate que ocultaba en el cajón de sus brasieres. Vas a tener cuerpo de volován cuando crezcas. Si tenías ese apetito insaciable a los nueve años no imaginaba lo que serías capaz de devorar cuando tuvieras quince o veinte. Ella —tu madre— se había vuelto más golosa durante la adolescencia, por eso había aprendido a estar siempre a régimen. No es que fuera delgada ahora, se justificaba, pero junto a lo que habría podido llegar a ser de no cuidarse, era una sílfide, dijo. Ahí empezó tu calvario. Desde esa edad probaste someterte a una dieta. Durante algunos días todo marchaba bien, aunque era tenso y concentrarte todo el día en tu sacrificio te impedía atender en clase o disfrutar de los juegos. No te interesaba hacer nuevas amigas. No te importaba lo que te dijeran. Era como oír un murmullo de fondo que acompañaba eso que se llamaba "crecer". Sólo cuando tus compañeras tocaban temas vinculados al peso corporal y a la privación de alimentos te volvías activa. Tú sabías todo lo que ellas ignoraban al respecto. Les dabas consejos, les decías cuántas horas (o días) llevabas sin probar determinada golosina. Les mostraste un cuaderno donde anotabas minuciosamente lo que comías.

Fue la primera vez que experimentaste la mirada de admiración de los demás. Sentiste un placer inmenso al ver cómo se abrían sus ojos ante tus explicaciones y cómo te empezaban a mirar distinto después de observar tu cuaderno con detenimiento. Dos de ellas te dijeron que harían lo mismo que tú; que anotarían puntualmente lo que se llevaran a la boca. Pero apenas se dieron vuelta, notaste cómo se miraban entre ellas. Después las oíste reír. Se estaban riendo de ti. Contrastar tus métodos con tu cuerpo les pareció de lo más divertido. A ti en cambio te partió en dos.

Una, la que eras y otra, la que te proponías ser. Desde entonces, tu identidad se compondría siempre de esas dos, sin posibilidad de evitar la disociación. Más tarde las llamarías Ana y Mía.

Junto con tu patética historia y el relato de cómo pasaste esa tarde llorando amargas lágrimas encerrada en tu cuarto e inventando una razón absurda para que tu madre no te mortificara más aún (que te habían regañado en público por no saber la respuesta a una pregunta de la maestra), colgaste dibujos infantiles de ti en el pasado, hechos ahora, a tu edad adulta. En ambos aparecía una cara elemental de ojos inmensos con pestañas como rayos, de los que salían sendas lágrimas.

No puedo evitar que escape una sonrisa sarcástica al imaginarme al genio de la filosofía natural, Charles Darwin, a sus veinticuatro años, en una goleta a plena tormenta en mar abierto, debatiéndose entre la vida y la muerte y tratando de salvar sus dibujos que parecen hechos por un profesional, frente a tus niñerías coloreadas en una habitación de núbil de clase media con el cerebro encogido y las necesidades básicas más que resueltas.

En fin, decidí respetar aquel escrito y dejarlo a modo de ficha científica debajo de aquella primera fotografía. Si los lectores y visitantes de mi página (ustedes) eran lo suficientemente avispados —y no tenían por qué no serlo— se darían cuenta del salto hacia atrás en la especie.

La cosa no paró ahí. A las tres semanas de haber recibido un número apabullante de visitas, volviste a aparecer, más delgada aún, con una nueva fotografía y la continuación de tu lacrimario indecente. Contaste cómo los hombres con quienes fuiste teniendo contacto carnal se mofaban de ti. Cómo a pesar de tu peso regular, de tu cuerpo incluso delgado y joven, tenían algo que objetar. La cintura algo ancha; una pequeña lonja que hacía un pliegue encima del vientre, al sentarte en la cama, sobre ellos; chaparreras. Empezaste a fumar. Mientras ellos gozaban de ese cuerpo lleno de defectos —el tuyo— y más tarde los veías devorar y beber, tú te conformabas con platicarles tu historia, fumando un cigarrillo tras otro y bebiendo interminables vasos de agua. Qué patética. Acompañaste esta entrada con algunos consejos que sólo me dieron la medida del grado de tu perturbación mental. Príncipes y princesas, les aconsejo: "Báñense con agua helada", "Coman hielo", "Muevan los dedos continuamente, para quemar el mayor número de calorías posible".

Pero ¿qué especie del reino animal hace esto?

"Regla número uno de las princesas: nunca comas sola".

"Regla número dos: nunca comas".

Lo peor es que contaminaste mi sitio con tus melodías pegajosas y bobas, acompañadas de arpa y campanillas, de las que no se podía deshacer el visitante común pues la tonadita aparecía en cuanto oprimía el botón para leer la ficha biológica que acompaña a tu fotografía. Acudí al técnico encargado del sitio, rogándole que pusiera todos los candados a su alcance para que no pudieras colgar nada más. Pero él me aclaró que no podía impedirte la entrada; ése es uno de los inconvenientes de este tipo de plataformas. Por más que pusiera impedimentos a tu dirección electrónica siempre podrías entrar desde una nueva o incluso desde la de alguien más, escribir tus cursilerías e invadir, como una plaga, lo que me tomó una vida ir recolectando para la memoria de los homínidos. El estudio con que pretendía completar las tesis del genio del Beagle y poner punto final a *El origen de las especies* con mi obra maestra, el panteón de los involucionistas. Empecé a desesperarme. La naturaleza misma de mi estudio no me permitía acudir a los medios legales. Y el conocimiento de mi *webmaster*, como se hacía llamar el bienintencionado colega cuyo anonimato pese a todo respetaré, tenía límites.

No tuve más remedio que acudir a lo que yo mismo consideraba una herejía en el campo científico; la aprobación de las masas. Es por eso que pedí la ayuda de ustedes.

Este sitio ha sido creado con fines científicos, sin ningún afán de morbo o de lucro, escribí al inicio de lo que antes simplemente se ofrecía como un museo vivo de los humanos que habían empezado su involución. Los cuerpos aquí expuestos son responsabilidad exclusiva de sus dueños y el objeto de su exhibición es exclusivamente la investigación. Todo uso ajeno a este propósito debe ser descartado de inmediato. Inescrupulosos, ociosos, pervertidos, moralistas, curas, desempleados, blogueros profesionales, jóvenes sin oficio ni beneficio, absténganse.

Ni la leyenda que añadí en la página inicial desalentó a los usuarios ni hizo descender el número de visitas. Al contrario. Se sintieron obligados a emitir opiniones. No puedo describir el grado de repugnancia que me provocaban la vulgaridad y el primitivismo de dichos comentarios, contaminados de subjetividad, desechos de mentes perturbadas y moralistas.

Las comparaciones fueron el primer signo de la equivocación. El sensato analiza, el ignorante compara. "Xochimilco es la Venecia mexicana". "Estar en el puente Rialto de Las Vegas es como estar en el puente Rialto de Venecia". Como el mundo está hecho de seres ignorantes, empezaron con las comparaciones alarmistas: el espécimen recién colgado es como Isabelle Caro, la modelo de la campaña Benetton que murió a los veintiocho años de edad con veinticinco kilos de peso. ¿Qué rayos quería decir esto? ¿Te ensalzaban al compararte con la anoréxica más vista en lo que va del siglo al llamarte "modelo", o te criticaban por seguir los erráticos pasos de alguien más? Eres la mujer más imbécil del mundo de la moda junto con Isabelle Caro, Ana Carolina Reston, Mayra Galvao, Elena Ramos, Luisel Ramos quien murió en pleno desfile de modas de un paro cardiaco, Carla Sobrado Casalle, Beatriz Cristina Ferraz, Ana Carolina Resta y todas las que no conocemos.

¿Por qué me inundan el sitio con un listado absurdo de nombres?, pregunté. Qué, ¿acaso Darwin se ocupó de poner infinitos individuos del mismo tipo: Pinzón 1, Pinzón 1, Pinzón 1, cuando sabemos que para muestra basta un ejemplar?

"Te ves espantosa", "Eres la criatura más horrenda que he visto en mi vida", escribía un usuario indignado junto a tu rostro cadavérico y el cuerpo sembrado de manchas y esa dentadura que parecías arrojarle al primero que visitara tu sitio. "Busca algo más valioso que hacer con tu vida". "Todas ustedes están enfermas", ponía otro u otra —su seudónimo no revelaba el género— "y son unas ignorantes. Catalina de Siena fue la primera anoréxica de la historia de que se tiene registro. A los veintiséis años sus padres querían darla en adopción, pero ella se encerró en su cuarto y se negó a probar alimento, hasta que no tuvieron más remedio que ingresarla en la orden de las dominicas, donde llegó pesando la mitad y mostró el triunfo del Espíritu sobre el de la Carne", redactó el usuario o usuaria así, con mayúsculas, desviando el propósito científico que mi investigación tenía y obligándolo a estrellarse en una montaña de prejuicios morales o históricos.

"Con sitios como éste, se vulnera la dignidad de las personas", escribía otro más. "Debe desaparecer, y su promotor debe ser juzgado por daños a la salud y a la moral".

Esta respuesta, según me comentó el *webmaster*, era secundada en las redes sociales: pronto suscitó una furibunda discusión en *twitter*, *Facebook* y blogs de toda índole: una calma aparente en la superficie del mundo, mientras debajo se gestaba la erupción del próximo volcán.

"No han entendido nada, mis queridos fieles ángeles seguidores, las princesas sólo perseguimos la pureza", volvía Ana a la carga, con una flacura más marcada en cada nueva intervención. Y para ello les paso estos *tips*:

1. Come sólo alimentos de dieta, como gelatina y chicles.

2. Esconde una bolsa de cierre en tu habitación y di que tienes que hacer tareas. Guarda toda la comida que te den en la bolsa.

3. Maquíllate para que no se noten la palidez y las ojeras.

4. Fuma.

5. Cuando estés comiendo con más gente prueba el truco de la taza opaca: simula que estás comiendo y escupe la comida en la taza en que simularás estar bebiendo tan tranquila.

Te irás consumiendo poco a poco hasta morir, a la vista de todos y para nuestro horror, comentaban otros. Pronto estarás en coma. ¿Te volviste loca o es que tu mamá también te encerró de los cuatro a los once años en una cabaña en las afueras de París, como a Isabelle? Porque en ese caso es *ella* la que debería actuar con dignidad y suicidarse, como hizo la madre de la modelo de Benetton, tras la muerte de su hija, provocando el consiguiente escándalo que a todos nos conmocionó. En memoria de estos jóvenes opino que este sitio debe persisitir, lo mismo que quien lo ideó y dirige, pues presta un importante servicio a la comunidad.

LLAMADA DE ALERTA, PETICIÓN A SU CREADOR: abrir otros blogs para los demás personajes (especímenes), pues también queremos entrar en relación con ellos y opinar. El chico que ofrece su cuerpo, por ejemplo; me interesa muchísimo entablar con él una bonita amistad.

SOY UNA AGENCIA ESPECIALIZADA en reclutar modelos anoréxicas, interesados favor de escribir a

¿Por qué me hacían esto? Ni entendieron nunca el noble propósito que impulsó este museo virtual ni lo entenderán, escribía yo a través del *webmaster*.

Príncipes y princesas, debemos llegar a nuestra meta unidos, nadie puede decirnos qué hacer o no hacer con nuestros cuerpos ni pueden decirnos que Ana y Mía son malas pues son la perfección.

Y la estúpida música de fondo, la canción melosa que acompañaba cualquier cosa que colgara en mi Museo de historia homínida natural, que se volvió el museo del horror.

Besitos, mis príncipes y princesas.

Ana.

Entre quienes atacaban a este espécimen a través del blog estaban aquellos que aclaraban que ese tipo de personas dejaba pistas encriptadas en sus canciones y comentarios. Por ejemplo: direcciones de otras anoréxicas avisando que saldrían de viaje o estarían fuera de circulación; todo a fin de alertarlas por si no volvían a aparecer. En muchos casos, esto era un aviso de muerte: la inanición voluntaria se había llevado y se seguiría llevando a muchas a la tumba.

Entonces desapareciste.

Un día, otro día, una semana sin colgar ningún comentario ni fotografía en el blog. Por un momento, creí que habíamos logrado salvar el sitio y con él el único museo de homínidos de la historia, de modo que seguí con mi proyecto.

O intenté seguir.

A los diez días exactos el bombardeo de mensajes saturó la capacidad haciendo peligrar el sitio. Era la dichosa opinión pública, que no se hizo esperar. Traté por todos los medios de cerrar la posibilidad a comentarios, pero mi *webmaster* (a quien de todos modos agradezco y no guardo rencor) me aconsejó no hacerlo. De cualquier manera nos tenían ya detectados y yo corría peligro de ser acusado y aprehendido, según él.

¿Detectados por quién? ¿Qué quería decir con eso de que había programas que daban acceso a los dispositivos de almacenamiento a larga distancia y podían rastrear e intervenir cualquier archivo? ¿Dónde quedaba el derecho a la confidencialidad y a la integridad? ¿Y por qué ahora hablaba de que él mismo podía ser objeto de investigación?

Nunca imaginó que hacía tiempo que yo ya estaba condenado y que la persecución sería encarnizada, atroz, hiciera ya lo que hiciera. Todo a nombre de la justicia.

El *webmaster* (en quien empecé a notar una actitud sospechosa) se mostró incapaz de descolgar las fotografías de "tus progresos". En cualquier caso, eso nos beneficiaría, según él, lo mismo que al sitio, por respetar la opinión pública. "Vamos, Ana, come unas cuantas calorías". Querían salvarte; eso es lo que decían. ¡Salvarte! Y en cambio venían por mí. Estaban dispuestos a darme caza; mi instinto de preservación me lo decía.

¿Venir yo del mono?, dijo escandalizada Lady Wimlett.

Sí, señora. Usted y yo y hasta el obispo Samuel Wilberforce.

Con la sonrisa perenne y los labios apretados sobre la barba partida (rasgo que acentuaba la impresión de estar sonriendo todo el tiempo) el obispo le preguntó al joven y empecinado naturalista Thomas Henry Huxley si descendía de un mono por parte de su abuela o de su abuelo.

Nueve

Por más que Emma distara de ser el tipo de esposa involucrada en el trabajo de su marido como eran tantas otras y por más que la distancia de veinticinco kilómetros que separaba Downe House de Londres le permitiera dedicarse de lleno a las labores domésticas al margen de cotilleos y visitas indeseables, la esposa del hombre que acababa de publicar una bomba capaz de conmocionar al mundo no podía ignorar los acontecimientos que cimbraban al país. Y, siendo Gran Bretaña el centro del mundo, al mundo entero. A veces, lograba alejar estos pensamientos concentrándose en batir las yemas del *pudding*, o curando las heridas de sus hijos con vinagre o con espíritu de vino alcanforado. Ella misma, en la doctrina, enseñaba que era imposible lograr la comunión con el Señor sin una mente tranquila y un espíritu conforme. Pero era muy difícil lograr la paz de espíritu.

A menudo, era el propio Charles el causante de su desasosiego. Hacía comentarios sobre los ataques que le infligía la prensa, como si tal cosa, en pleno juego de backgammon. No era extraño que últimamente ella le ganara todas las partidas.

La noche anterior, para no ir más lejos, le habló de un editor londinense que publicó un mamotreto llamado *Vestigios de la historia natural de la creación*, de un autor anónimo escocés. El hombre que había escrito semejante esperpento no debía de estar en sus cabales. Dándose aires científicos, en el libro hablaba de la generación espontánea, de la producción de insectos a partir de la electricidad, del origen de las razas y las personas con seis dedos, de cómo nacen ciertos ornitorrincos a partir de un ancestro ganso y demás sandeces por el estilo.

—No te hagas ilusiones —dijo Emma, haciendo una jugada con la que logró meter tres fichas—. Aunque me contaras cosas aún más extravagantes no lograrías ganarme la partida.

Lo que ella quería conseguir era que su marido se olvidara de las reacciones a su estudio y se concentrara en el juego. Todo en vano: Charles era persistente hasta el delirio y no había quien lo sacara de una idea si caía en la monomanía volitiva.

Que el tal libro había logrado enseguida una segunda edición, dijo, haciendo caso omiso del juego. Míster Darwin: la gente menuda suele embeberse en lecturas triviales, Emma dio un sorbo a su taza de té y no le dio mayor importancia al asunto. Que lo habían leído Arthur Schopenhauer, John Stuart Mill, Abraham Lincoln ¡y hasta la reina Victoria!, dijo Darwin clavando sus ojos desesperanzados en los de ella, errantes en el tablero. Que los notables también buscan formas de divertirse; simples temas de sobremesa, y al decir esto Emma tapó una posible salida de fichas que Charles había movido sin darse cuenta de lo que hacía y, levantando el rostro en señal retadora, lo instó a seguir con media sonrisa. Que el dichoso libro hablaba, igual que el suyo, de geología y transmutación de las especies. Emma dejó de sonreír.

Charles la miró, desesperado.

Que el gran geólogo de Cambridge, Adam Sedgwick, su antiguo profesor, escribió una de las reseñas más feroces sobre el libro ése, dijo casi en un suspiro. Bien por él, añadió Emma en tono despectivo y mirando a su esposo insistió con la palma de la mano y un gesto del rostro en que debía tirar: era su turno. No, dijo Charles, no había sido nada bueno, pues con ello sólo hizo que se animaran las ventas extendiéndose a Norteamérica y el libro había conseguido la traducción al alemán. ¡Al alemán! ¡La lengua de Humboldt y de Goethe!

—Es tu turno —insistió Emma, en un tono de clara irritación—. Se sirvió un poco más de té y ofreció la jarra a su esposo. Pero Charles no le prestó atención. Parecía haber caído en una de sus monomanías: la conversación sobre un solo tema, en la que podía instalarse días, semanas y meses, incluso.

Que se habían fundado varias sociedades que se oponían con fervor a que se siguiera editando, y que ese libro, junto con otro titulado *La constitución del hombre*, de George Combe, habían sido quemados en público.

Emma sonrió, levantando ambas manos al cielo, como diciendo: "ahí tienes".

Pero Charles estaba empeñado en agriarle la fiesta. Siguió conversando sobre otros desastres hasta acercarse, poco a poco, a los que atañían a su persona.

Ahora, después de publicado su gran libro sobre las especies, acababa de enterarse de que el propio Sedgwick, a quien tanto respetaba, lo acusaba de usar métodos "no científicos" y de haber "abandonado el auténtico camino inductivo". Según afirmaba, había leído su libro "con más dolor que placer".

Emma suspendió la partida. Miró con infinita compasión los ojos de Charles, a punto de echarse a llorar, como los de un niño.

Charles la miró también, buscando algún consuelo. Antes de animarse a seguir, se mordió el labio inferior.

Sedgwick le decía que aunque algunas partes le habían parecido ciertamente admirables, otras lo habían hecho reír hasta que le dolieron los costados… Pero las más le causaron un pesar absoluto por ser en su opinión "falsas y dañinamente mal intencionadas".

Darwin bajó los ojos. Y después de un largo silencio, en un tono casi inaudible, murmuró:

—Y Herschel habla del libro como de "la ley del revoltijo".

Emma se estremeció.

Tanto tiempo —¡y tanto dinero!— invertidos en la famosa cura de aguas, tanto someterse al tormento para proseguir; tanta esperanza puesta en que publicar el inacabable estudio terminaría por fin con los achaques y el pesar de Charles, que no conseguía levantar cabeza desde la muerte de la pequeña hija de ambos, Annie, salvo por ese brevísimo tiempo en que le había dicho a su hijo William, por carta, luego de haber completado la obra trascendental de su vida, que no se imaginaba lo placentero de perder ociosamente un día entero en la sala de billar, fumando el cigarrillo que le habían permitido en lugar de aspirar rapé…

Y ahora un golpe brutal. Y otro, y otro.

La revista francesa *La Petite Lune,* un pasquín de baratillo con noticias de actualidad que de otra suerte no habría visto, lo pintaba en la portada de su número diez como un mono sostenido de una rama del árbol de la ciencia Y dentro de la revista, en otra viñeta, siendo el mismo mono, atravesaba un arco de circo que tenía la leyenda "Credulidad, Superstición, Errores e Ignorancia".

Lo más indignante para Emma era el extraordinario parecido de su esposo con un simio; parecido del que se aprovechaban sus detractores para hundirlo.

Así que ahora no sólo no compartiría la vida eterna al lado del hombre bondadoso que le había ganado 2,795 partidas de backgammon frente a las 2,490 partidas de ella, sino que pasaría el resto de los días terrenales con un simio por marido.

Y aunque nunca le importó asistir a las cenas y reuniones de la sociedad londinense, y aunque desde el principio de su matrimonio estuvo dispuesta a renunciar a la vida de señorita de la alta burguesía que pudo haber llevado en Shrewsburry, la llenaba de horror y de una anticipada humillación imaginar que nunca volvería a entrar en un salón sin ser vista en compañía de su marido-simio.

Recordó que había sido la huelga de millón y medio de obreros cartistas y las tropas con bayonetas caladas enfrentándose contra los manifestantes no lejos de su casa lo que hizo a ambos tomar la decisión de irse a vivir al campo. Que ella misma supo que renunciar al placer de ver a otras personas aparte de sus niños o visitar y conversar con más gente que los criados y los habitantes silvestres de los alrededores a cambio de la tranquilidad de una vida sin amenazas había sido voluntad suya. Entonces, en Londres, el director de un periódico radical fue juzgado y sentenciado por publicar "doctrinas impías".

Ahora esos juicios estaban más cerca de ellos de lo que nunca hubieran imaginado.

Diez

Escribir cartas, muchas cartas. Mandar por otra reserva de papel, agotar la tinta y si fuera necesario, comprar otro manguillo a través de William Erasmus o del propio Parslow, enviándolo a Londres. Hacía años que no sentía un impulso igual; ni para escribir ni para llevar a cabo ninguna de las tareas cotidianas con las que había logrado mantenerse a flote. Con excepción del día malgastado en fumar y participar en interminables partidas de billar en Ilkley Wells siempre se ocupó de hacer lo que debía, no lo que quería, para contrarrestar en algo las penas y los sinsabores de la vida. Sus horas habían tenido la notable peculiaridad de estar empotradas en el anaquel del "debe" y no del "haber" y arrastrarse pesadamente haciéndolo consciente de su cuerpo, hasta que conseguía embeberse en su tarea. Pero ese día, se acercó al aguamanil con una energía inédita y tomó la cuchilla de afeitar, la abrió y comprobó el filo de la hoja con tal vigor que se hizo una herida en la punta del pulgar y observó la gota de sangre con una fascinación extraña. ¿Era un acto de valentía denostar una teoría científica en la que se cree y destruir a quien la formuló por no desobedecer a una autoridad superior? ¿En qué honra a alguien acabar con la reputación de otro al que antes se ha defendido y cuya valía se conoce? Y aun si no se está convencido de los argumentos científicos de otro, ¿es válido hacer el mal por buenas razones?

Para Lyell las especies no cambiaban. Los gatos enterrados con las momias egipcias eran los mismos gatos del presente. Concedía que el manejo de las razas de ganado y animales domésticos diera como resultado nuevas variedades pero nunca, en ningún caso, nuevas especies. Al menos su maestro había leído su libro de cabo a rabo y se había comportado de manera prudente.

Thomas Huxley le juró que lo defendería en el juicio próximo que llevaría a cabo el obispo Wilberforce, juicio al que podría asistir el pueblo entero de Londres gratuitamente, si así lo deseaba, y que escribiría una extensa reseña sobre las evidencias de sus argumentos. Joseph Hooker dijo que lo apoyaría sin reservas, aunque luego mantuvo un silencio extraño que se prolongaba hasta la fecha. En cambio, Richard Owen le aclaró desde el principio que sus ideas eran "peligrosas para la humanidad" y alejaban a la ciencia de su objeto.

Los que aceptaban la verdad detrás de sus argumentos eran sus más nefastos defensores, porque recibían su estudio con entusiasmo —sobre todo la parte de la selección natural— simplemente porque ponían a Dios en el papel del "selector". Ante la feroz embestida de la iglesia, algunos naturalistas habían decidido fundar un club secreto, que sesionaría en fechas no previstas, para discutir ideas científicas sin que se entrometiera el clero. Pero la andanada de cartas donde sus detractores escribían contra él diciendo que qué les importaba la variación de animales y plantas bajo la domesticación, o bien, que les era indiferente si a través de la evolución se domesticaban las especies si no se dejaba constancia clara y fehaciente de que el alma humana, siendo creación divina, era inmutable, lo había apabullado. Sólo algún valiente se había atrevido a decir, en algún pasquín cuyo nombre no recordaba, que el alma se "cultivaba", no se "domesticaba", y por tanto había que cuidarla como a una flor, a lo que otros habían respondido que ya querrían tenerlo ante hordas de salvajes departiendo con ellos, a ver si sus almas floridas se domesticaban en el transcurso de la conversación.

Mientras tanto se publicaban sátiras, caricaturas en periódicos y revistas donde se asentaba que en cuanto a similitudes y diferencias entre los cerebros de humanos y primates el que ganaba era él, Darwin, en similitud, sin ninguna duda. Algunos biólogos objetaron el que no pudiera probar sus hipótesis. Dijeron que al leer *El origen de las especies* hubieran querido ver al hombre detrás del mono y que sólo veían al mono detrás del mono.

Ahuecó las manos y se echó agua fría en el rostro, varias veces, tratando con esto de aclarar sus ideas y su ánimo. Debía responder. Un hombre está obligado a hacer frente a sus responsabilidades y defender aquello en lo que cree sin temor a perder el respeto y la posición. Aunque un hombre sin honor no valía un penique. Y ¿cuánta honra podría quedarle luego de que era la propia comunidad científica quien le volvía la espalda?

"La falacia de la teoría del Señor Darwin sobre el origen de las especies por medio de la selección natural puede encontrarse en las primeras páginas de su libro, donde examina la diferencia entre los actos voluntarios y deliberados de selección aplicados metódicamente por el hombre en la crianza y desarrollo de las plantas cultivadas y las plantas en estado natural. El origen de toda la diversidad entre los seres vivos permanece como un misterio tan totalmente inexplicado, que es como si el libro del Señor Darwin jamás hubiera sido escrito, porque ninguna teoría sin el soporte de los hechos... puede ser admitida por la ciencia", escribió el gran geólogo, zoólogo y anatomista comparativo de origen suizo Louis Agassiz, quien tenía una cátedra en la Universidad de Harvard y había sido recibido con los brazos abiertos en los Estados Unidos.

Peor aún fue el ataque de Francis Bowen, filósofo y economista norteamericano que dirigía la *North American Review* al exponer en una reseña que el autor de *El origen de las especies* se esforzaba "por establecer, aunque con una teoría y razonamiento diferentes, la misma conclusión a la que llegaron el naturalista Lamarck y el autor anónimo de los *Vestigios de la creación*", ese mamotreto. Ni hablar de Carpenter, quien afirmaba que "como era imposible en la naturaleza de las cosas obtener algún antecedente como evidencia positiva sobre los más remotos antecesores de la investigación, descartaba toda referencia a la interrogante de si los hombres y los renacuajos, aves y peces, arañas y caracoles, insectos y ostras, lirios de mar y esponjas tuvieron un origen común en la matriz del tiempo". Dawson lo llamaba mitómano o hacedor de fábulas extraordinarias al decir que la lucha por la existencia era un mito y su empleo como un medio de mejoramiento era aún más mítico.

El único consuelo que parecían dejarle era el de haberse ganado fama y notoriedad, como si esto fuera lo que hubiera estado buscando desde el inicio. Duns había dicho que si la notoriedad podía ser una prueba de autoría exitosa, Darwin había tenido su recompensa. Y que la obra que se discutía en los clubes y las Sociedades Reales era recibida "con sonrisas en los salones" y había agotado su primera edición porque había causado en el público en general "auténtico furor".

Se acercó al espejo incrustado en su marco de roble y observó en el centro del óvalo biselado a un anciano aún más demacrado que aquél que recibiera por correo el estudio de Wallace, enviado desde Indonesia, años atrás. Pensó que no creyendo en un Creador, como era su caso, era inevitable que guardara resabios de la religión aprendida. Era absurdo pensar en un castigo divino y sin embargo sentía vergüenza de recordar el día en que su editor, John Murray, le dijo que tiraría mil doscientos cincuenta ejemplares y no le cobraría la factura de la imprenta por tanta corrección de pruebas como había hecho (nada menos que setenta y dos libras, una friolera) por tratarse de un libro excepcional, como no dudaba que era.

El 22 de noviembre, antes de la fecha de publicación oficial, le enorgulleció saber que el libro estaba ya ofrecido a los libreros y que éstos habían agotado la compra de la edición. Incluso se arrepentía de haber cometido un acto de soberbia al decir a Emma que nunca más volvería a tenerse en poco por pensar que valía menos de lo que en realidad valía. Y en las tardes en que su mujer le leía trozos de las obras de su amada Jane Austen, recordó que había cenado con Dickens, de quien recibió ciertos elogios, y desde ese día hasta empezó a pensar y a decir que el libro, su libro, estaba muy bien escrito. Hoy se avergonzaba de que cuando su impresor le propuso editar una versión corregida de *El origen* hubiera sentido cómo se le congestionaba el rostro hasta que el impresor le aclaró que lo de "edición corregida" tenía más que ver con la posibilidad de vender nuevos ejemplares que con la intención de hacer ver a Darwin como el pésimo escritor que otros decían que era.

El martes 22 de noviembre de 1859, al oír las primeras reacciones de quienes sí habían leído el libro —pues una cosa es que estuviera distribuido en librerías y otra que lo hubieran puesto a la venta y leído—, Murray trató de explicarle a un Darwin que para entonces empezaba a mostrarse alicaído, que todo se debía a que esas primeras reacciones venían de gente envidiosa y, en última instancia, que cualquier infortunio se debía a que era martes.

—¿Y qué tiene que ver eso? —preguntó él.

—Que los hados no nos favorecen.

Respuesta ante la que, sin saber por qué, había asentido.

¡En ningún lugar de su obra había dicho que los simios se transformaran en hombres!, dijo al leer la reseña del *Athenaeum.* Tampoco mencionaba el origen de los hombres. O, en todo caso, apenas lo hacía. ¿Por qué los seres humanos se identificaban entonces con cada especie aparecida y por qué se buscaban en ellas? Esto era lo más extraño. Que tratándose de un libro sobre las demás especies el hombre sólo se viera a sí mismo en cada argumento. No podía haber otra explicación que ésta: la lectura que hacen los seres humanos, inventores del lenguaje, está hecha para que sólo se lean a sí mismos.

Hasta el arrogante FitzRoy —sí, el mismísimo FitzRoy cuya fama radicó en haber capitaneado el Beagle para dedicarse después a hablar de su extraordinaria aventura como si sólo la hubiera vivido él y a hacer de su diario de viaje un panegírico ilegible contra la esclavitud; el mismo FitzRoy que luego de hacerse gobernador de Nueva Zelanda se dio a la tarea de "inventar" un artefacto meteorológico para avisar a los marineros si habría tormenta o no, con un porcentaje de casi el cincuenta por ciento de probabilidad de error— había tenido el descaro de exigirle que volviera a la *Biblia* y si eso no era posible, que cuando menos mencionara a todos aquellos a quienes les debía el haber escrito su obra y que no aparecían ni en los agradecimientos.

—En su obra no se menciona a mi antecesor, el capitán Pringle Stokes. Ni a Sullivan ni a Bynoe. No se menciona a ninguno de los oficiales que lo ayudaron a desarrollar sus ideas ni a quienes se pusieron a reunir sus especímenes —le fue a reclamar un día—. ¡Y no se me menciona a mí, que subvencioné los gastos del viaje de mi propio bolsillo y que accedí a prestarle mi colección de pinzones hallados en las Galápagos, ya que los suyos estaban confundidos por haber metido a las aves en el mismo saco, según informó John Gould, de la Sociedad Geológica, quien gracias al préstamo afirmaba haber encontrado al menos cuatro subgrupos y uno de ellos, el Geospiza, contenía seis especies con diferencias en el pico!

Pero ¿cómo se atrevía? Ahora FitzRoy se preguntaba en qué momento él, un hombre con una experiencia notable en la navegación, tanto que había rediseñado el Beagle haciendo descender la quilla y poniéndole una vela más, sucumbió a la debilidad de recibirlo. Y más que preguntárselo, se lo había reclamado, de frente.

¿Cómo se atrevía?

Además de venir a pedirle prólogos y páginas de agradecimiento había tenido el descaro de sugerirle que se desdijera de sus propias conclusiones… Que se pusiera a trabajar de nuevo, repensando buena parte de lo escrito y afrontando la incapacidad de explicar los pasos intermedios, los eslabones que unían a una especie y otra *con valor*… ¡FitzRoy, quien no había sido capaz de defender la supremacía del vapor frente a las velas, invento de un tal Ericsson, de origen sueco, en quien auténticamente creía!

¡El mismísimo FitzRoy, que no terminó las cartas de Sudamérica y los planos de navegación hasta su regreso de nueva Zelanda...!

Aquel día lo escuchó con sorpresa pero también con una compasión infinita, observando en ese hombrecito delgado y vencido por la edad y los reveses de la vida, salvo por su porte y sus patillas gruesas, a la usanza de la época, el claro símbolo de lo que ya pasó; de la especie en vías de extinción...

Y no pudo menos que escuchar sus acalorados argumentos con cierta displicencia, como se hace con quienes están mal de sus facultades mentales, recordando la idea lunática de FitzRoy de convertir a tres indios fueguinos en gente "civilizada", con el resultado de que ahora Fuegia Basket se había convertido en prostituta bilingüe, que sólo hacía negocios con marineros blancos, según él mismo le había dicho ese día...

—Mi querido Señor FitzRoy —le aclaró poniéndose de pie y sin invitarlo a almorzar—. Uno no puede incluir en un estudio como éste a todos y cada uno de los individuos que *de algún modo* intervinieron en él.

Y, tratando de aligerar el ambiente, añadió:

—¡Acabaría por tener que agradecer a los fósiles, las aves y las plantas y cuanto espécimen puebla el libro y éste se convertiría en una mera carta de agradecimientos!

—Usted sabe a qué me refiero —respondió el capitán con el ceño fruncido y poniéndose de pie, él también.

—Les escribiré una carta —había convenido, cambiando el tono—. Prometo escribir sin falta a aquellos con quienes tengo una deuda de honor.

Y luego de acompañar a su antiguo compañero de viaje a la puerta, añadió:

—Le agradezco el consejo.

Se había rehusado a llamarlo capitán. Lo habían relevado de su cargo en el Beagle por juzgar demasiado tiránicas sus acciones; de hecho, por órdenes del Almirantazgo, le habían negado la posibilidad de volver a capitanear barco alguno.

Y no obstante, ese día en que tantos se habían puesto en contra suya y lo ridiculizaban y dudaban de la seriedad de un trabajo de toda una vida y estaban a punto de iniciar un juicio público en que el obispo de Oxford, Samuel Wilberforce, conocido como "Sammy el jabonoso" atacaría el contenido del libro, hasta la censura de FitzRoy le dolía.

Después de estar frente al espejo, inmóvil, viendo cómo ese otro que asomaba envejecía de forma extraordinaria conforme transcurrían los minutos, guardó la navaja sin haberse afeitado ni un pelo por encima de la larga barba y decidió que estaba demasiado enfermo para empezar a defenderse por escrito.

Hay grandeza en esta concepción de la vida, con sus varios poderes, comunicada originalmente a unas pocas formas o a una sola; y hay grandeza en el hecho de que mientras este planeta giraba de ciclo en ciclo conforme a la ley fija de la gravedad, a partir de un origen tan simple hayan evolucionado, y sigan evolucionando, infinidad de formas de lo más hermoso y maravilloso.

Ch. D.

Los siguientes meses fueron quizá los más felices de mi vida. Una vez que desapareciste de mi sitio, pude dedicarme de lleno a la inclusión y clasificación de nuevos especímenes. Nada me impedía concentrarme ahora en un grupo de homínidos completo, los *hikikomoris*, esos jóvenes que se recluyen voluntariamente del mundo; individuos que han renunciado a toda vida social y que no interactúan ni siquiera entre ellos. Pese a que el término con que se los conoce es japonés, el fenómeno comprende a individuos de cualquier parte del mundo. Muchos de ellos se ocupan de vivir sólo en el ciberespacio y se presentan sólo mediante figuras icónicas que representan su "alias", llamado *avatar.* De otra forma repelen cualquier contacto humano y viven con una sensación de odio y miedo permanentes.

De más está decir que este tipo de homínido pierde pronto las habilidades sociales que sus ancestros desarrollaron con tanto trabajo por generaciones. No saben cómo actuar frente a otros miembros de su especie; en cambio, si es a través de mundos virtuales donde no sienten competencia ni amenaza, se mueven como peces en el agua. No existe ninguna criatura del reino mineral, vegetal o animal que caiga, como grupo, en igual comportamiento. Si un animal es agredido por un individuo o por varios es natural que se cuide de ataques posteriores, buscando la reclusión momentánea. Es incluso normal que se encierre por un tiempo, como el pulpo rayado indonesio (*Amphioctopus marginatus*) que se oculta en los cocos o la ballena pigmea (*Caperea marginata*) que lo hace detrás de la cortina oscura producida por la sustancia que emite. Pero los *hikikomoris* de todas partes del mundo, incluida Latinoamérica, suman ya millones y continúan acrecentando su número, dispuestos a perpetuar su reclusión y vivir detrás de su cortina, sin más universo que el que logran construir mediante la tecnología a través de Internet.

Estaba empeñado en conseguir la fotografía de uno de ellos (tarea harto difícil pues, como he dicho, se niegan a tener un rostro y un nombre que los vuelva identificables, más aún a formar parte del museo de especímenes en vías de involución) haciendo caso omiso a los comentarios donde los visitantes del sitio preguntaban por ti, cuando, sin mayor aviso, apareciste de nuevo, pese a los candados del *webmaster* a quien cada vez más me dan ganas de exhibir rompiendo el anonimato, por inepto. En un principio dudé de que fueras tú realmente. Estabas muy cambiada, según se podía ver en tu fotografía. Habías recobrado peso y perdido en cambio los amarillos del rostro, la proyección de la mandíbula superior y la apariencia cadavérica. Tus ojos no tenían ya la expresión de espanto y los brazos nervudos habían comenzado a adquirir una incipiente musculatura. Eras tú, no me cabía la menor duda. Si yo hubiera sido otro o si me hubiera dedicado a un trabajo que no implicara la observación minuciosa de especies durante una vida, habría podido pensar que se trataba de un individuo diferente o que la imagen estaba trucada. Pero eras tú. Tú y tu ignorancia sin límites, tú y tu necesidad permanente de exhibirte. He ahí el problema con los primates mayores. Se los puede ver en los zoológicos haciendo todo tipo de exhibiciones con tal de ser observados por otros.

En tu mensaje, proponías "actualizar" tu fotografía. Pedías que hiciéramos desaparecer la que acompañaba tu ficha. Habías estado en una clínica especializada y te habías recuperado. Salías de tu reclusión triunfal. Abjurabas de todo lo que una vez fuiste en el pasado y azuzabas a todas las Anas que entraban a mi sitio a que abandonaran esa forma de vida que catalogabas de "adictiva". "Querid@s tod@s", escribías, con tu habitual cursilería, "hoy la menstruación irrumpió en mi vida, como una bandera victoriosa. Quiero compartir con ustedes esta noticia, con la carita alegre de un emoticón". No era posible bajar tu mensaje, ni seguirlo leyendo. Mis gritos al *webmaster* eran más que desesperados; llegué incluso a amenazarlo con golpes si no detenía tus intentos de sabotaje de inmediato. Estaba dispuesto a tirar el sitio antes de verme abrumado por otra andanada de estupideces seguidas de los comentarios de quienes abarrotaban el sitio, transidos por la emoción y el orgullo que sentían por ti. ¿Orgullo de qué, pregunto? En condiciones normales, cuerpo a cuerpo, esos mismos individuos serían tus enemigos naturales; lucharían contra ti por obtener mejores alimentos y más espacio; mejores condiciones de vida. Sometidos a la ley de la sobrevivencia del más apto se aprovecharían de tus debilidades para destruirte.

Pero tú, ajena a todo ello y obviando el espíritu científico hablabas de "triunfo" y de "fuerza" y de "amor por ti misma y hacia los demás". Como si al universo le interesara la sobrevivencia de un individuo aislado. Cuando el último *Tyrannosaurus Rex* pereció, nadie hizo el menor aspaviento. Ni los mares ni las estrellas se conmovieron;

ningún ser dio el menor signo de conmiseración. Y cuando los otros magníficos saurios, poseedores de una fuerza física sin precedente, desaparecieron de la faz de la Tierra, la vida siguió su ciclo, tan campante. ¿Por qué habría de conmoverse contigo ahora? Por más peso que adquirieras no harías que el universo cambiara su sino en lo mínimo. Que hubieras perdido voluntariamente más de veinticinco kilos hasta alcanzar un peso de treinta y nueve kilos con una estatura de un metro setenta sí implicaba una diferencia biológica. Y que representaras a un grupo de homínidos en aumento que gracias a miles como tú se han vuelto pandemia sí era mérito suficiente para estar colgada en mi museo virtual. Y que con un pulso mínimo y la máxima lentitud del músculo cardiaco siguieras caminando y te empeñaras en hacer ejercicio, te hacía merecedora de ocupar un espacio de privilegio en el sitial de la involución.

Es a esa otra y no a ti a quien guardo y estudio, y cuya imagen atesoro y atesoraré por más que te empeñes en borrarla con tu impostura. Esa otra es mi pinzón elegido. Pero decir que no me interesa lo que tú llamas "avances" y que detesto enterarme de la velocidad a la que crecen tus pechos hizo que un numeroso grupo de visitantes me llamara "anormal". Anormales ustedes, a quienes les interesa —o fingen que les interesa— una mujer aislada y no el espécimen. Yo fundé el portal y lo empleo para la ciencia. No veo a quienes en él aparecen como instrumentos a mi servicio. ¿Se asombran de mi impasibilidad aun si murieras ahora o hubieras muerto? La ciencia es destrucción también. Y no tiene esa cualidad porque yo lo haya decidido. ¿Exiges tu derecho a figurar con tu actual apariencia? ¿Y qué hago con la descripción de tu caso y de la ficha que elaboré? ¿Te imaginas a Darwin, ese hombre que descubrió los mecanismos ocultos de la naturaleza y sufrió el rechazo y el oprobio y padeció en silencio por nosotros, renunciando a su tesis por debilidad o complacencia? ¿Te imaginas al padre del naturalismo, nuestro Padre Verdadero, tergiversando datos y retocando láminas al gusto del público?

Me escandaliza tu actitud y la actitud de quienes te defienden. Y te diré algo más: no me interesa lo que hagas con tu vida. Esto no es una terapia, ni un sitio donde se contrata a individuos con fines espurios. Eres el espécimen número dos mil trescientos cuarenta y uno, *Femina famélica,* y de ese modo te has ganado la eternidad. No eres una mujer; eres un experimento científico. Y para que no te sientas tan segura con la decisión que tomaste y que otros aplaudirán, te recordaré esto último: fuiste tú quien mató al espécimen que quedará para siempre en el museo de historia natural de nuestro tiempo.

Once

Que no es el estómago, que el efecto de tener que vaciarlo es meramente secundario, que es un vicio adquirido eso de arrodillarse y vomitar. Que los calambres son de origen nervioso y su angustia está bien fundada: los científicos de mayor renombre se le han echado encima:

Que Sedgwick ha llamado al libro "un plato de materialismo flagrante, ingeniosamente cocinado y servido". Que St. George Jackson Mivart no podía creer en aquello de la selección natural que nada explicaba sobre la mente y el alma humanas, que por lo que a él tocaba, permanecerían intocadas por la teoría de la evolución. Que cómo alguien podía pensar en variaciones sin dirección, como una carrera loca digna de una mejor obra de ficción literaria. Que si Owen estudiaba anatomía de los gorilas en su laboratorio era para demostrar lo ridículo de Darwin de pensar "que el hombre pudiera ser un simio transmutado".

El hombre de los ojos tristes ha probado nitrato de bismuto, choques eléctricos, carbonato de amoniaco, agua ozonizada, ha usado trozos de zinc alrededor de cuello y cintura, mojados en vinagre, para probar con un nuevo tipo de descargas, quinina, dietas rigurosísimas, arsénico y baldazos de agua helada, todo con la esperanza de curarse ¿y qué ha conseguido, además de una vida de tortura corporal? Ahora se arrepiente de haber sometido a su hija Annie a la horrífica cura de aguas del doctor Gully. Los recuerdos se agolpan, se suman al tortuoso presente. Y duelen.

Y el dolor no puede ser comunicado. Los poetas lo intentan, a su manera, lo mismo que los músicos; allá ellos. Por lo que a él concierne, ni la literatura ni la música le sirven ya de consuelo. Ni siquiera las disfruta. Para poder comprenderlas se necesita un estado del espíritu del que ahora carece. Es probable que ya siempre carezca de él. No es que se dé por vencido. La ciencia lo merece todo, lo es todo. En realidad, pese a Emma y a los hijos, la ciencia ha sido su único objeto.

Trata de concentrarse. ¡Pero es tan difícil sustraerse! La imagen de Annie lo persigue. Annie tomándole la mano; Annie sentada sobre sus piernas, jugueteando con la enmarañada barba que se ha dejado crecer para cubrir el eczema; Annie recorriendo alegremente el camino que rodea la casa; Annie dando de comer a sus muñecas. Annie en sus últimos días. La habían azotado desde la mañana con duchas heladas, alternando los baldazos con la lámpara de alcohol que le chamuscaba la piel. Luego, el doctor Gully dijo que tenía la sangre congestionada y la sometió a una dieta de gachas y brandy que la pequeña vomitaba tan pronto como ingería. Le resultaba imperdonable haber permitido que le pusieran una sonda en la vesícula, y tras oír los gritos de dolor de su amadísima hija —la preferida— ver cómo se vaciaba por la diarrea. Pero lo peor fue oírla agradecer cortésmente cuando cesó el dolor y le retiraron la sonda. Luego de sonreír perdió la conciencia y murió.

Inmóvil en su estudio, el hombre de los ojos tristes finge una impavidez de sabio. La barba que se ha dejado larga y blanca subraya esta impresión. Para los curiosos que se han acercado a Downe House con la intención de atisbar al hombre del que todo Londres habla a partir del juicio del obispo Wilberforce, es la personificación del Creador. De otro Creador. Luego de medio siglo de desigualdad y revueltas, ese hombre les ha hecho creer que todos son iguales. A los ojos de la ciencia, cuando menos.

Pero él, oculto tras el cerco de árboles que mandó plantar para no ser molestado en su inacabable tarea, mirando de soslayo por el espejo puesto en un muro de su estudio para ver quién se acerca, sabe que no basta con reducir lo estético, lo emocional y lo espiritual a un fenómeno derivado de otros. Le pesan las acusaciones sobre el fracaso de la selección natural para dar una explicación al desarrollo de órganos complejos, como el ojo; o la imposibilidad de dar cuenta de la presencia de criaturas avanzadas en los estratos fósiles más antiguos o la falta de pruebas para mostrar las formas de transición de las especies de las que no hay ningún registro fósil. Y no puede acudir a Dios para hacerlo responsable de estos designios ni para echarle en cara todos los faltantes, incluida la razón por la que decidió llevarse a su pequeña Annie, el ser más extraordinario de la tierra. No hay un plan divino que pueda elegir una barbaridad así. No hay un creador que elija que las formas de vida imperfecta surjan a cada tanto, en nuevas generaciones, de manera fortuita. Dios no es el azar. Ni es esa ley de selección natural y extinción de las criaturas peor adaptadas, por más que haya tantos huecos en su teoría.

El hombre de los ojos tristes comprende que su libro, escrito a toda prisa, no es perfecto. Pero es *perfectible*. Sabe que tiene razón en lo fundamental pero que hay errores de precisión que le han hecho notar los científicos más puntillosos. Puede olvidarlo todo, dedicarse al estudio de las orquídeas. Pero entonces ¿qué sentido habría tenido escribirlo?

Se levanta del sillón móvil y va a la repisa donde tiene guardada la carta que le escribió Emma sobre la gran desilusión que tuvo al leer que él, su esposo, afirmaba la imposibilidad de un Creador. Si en verdad él pensaba así, entonces no habrían valido de nada los esfuerzos de ella al ocuparse de los arreglos de la casa, de los hijos, de los inacabables problemas de salud de él: su dispepsia nerviosa, su exceso de sangre en el estómago, sus flatulencias y eructos a toda hora, su eterna fatiga, sobre todo para recibir visitas o hacer vida social, sus eczemas, sus ataques de histeria, sí, de histeria, sus viajes a las clínicas donde se sometería a las curas de agua y su mirada displicente, distante, en cualquier conversación. No habrían servido de nada sus esfuerzos si además de haber tenido que soportar la vida con él sin hacer el menor reproche no podrían compartir la vida eterna. ¡Cuántas veces besé tu carta, con lágrimas en los ojos!, le escribió él. ¿Y qué le podía importar a ella que le dieran ataques de llanto frente a un papel escrito en una época y un momento en los que ya no creía?

Lo peor eran las cartas que llegaban ahora y que ella le leía, porque su marido había perdido la paciencia para disfrutar la lectura de novelas en voz alta después de comer. ¿Hay alma o no la hay? ¿Hay un creador para el resto de las criaturas —lo que sería una pequeña esperanza— ya que para los humanos no? ¿La falta de designio divino afecta también a la reina Victoria y a sus descendientes? Si no hay un espíritu inmortal en los humanos, ¿tampoco lo hay en las vacas? se leía en una carta con sobre rotulado en la India. Y la más hiriente de todas, puesto que no contenía sombra de ironía: ¿para qué animar la carne, entonces? ¿Cuál era el sentido de vivir?

¿Para qué sirve someternos al sufrimiento gratuito, Charles?

La pregunta de Emma retumbaba, y le mortificaba no encontrar respuesta alguna con que hacerla levantar la cabeza y erguir los hombros cuando la veía retirarse a su vida insensata, terminada la hora de lectura.

Lo peor había sido tener que recibir a FitzRoy, atisbando su porte derrotado, marchito, más marchito aún, si cabe, luego del último encuentro. Se había obligado a recibirlo, movido por un sentimiento de lealtad. O quizá era que se había reblandecido.

—Siento mucho la pérdida de su hija, Charles —dijo FitzRoy abrazándolo como alguna vez lo hiciera, a bordo del Beagle, el hombre que con tanta audacia lo comandó. Había hecho reparaciones profundas a la nave, luchado contra la abulia de quienes no ataban los nudos ni achicaban el agua del barco, ni medían bien las singladuras y en cambio se bebían su paga, la de otros, y todo líquido transformable en alcohol, y preferían pasar los días embrutecidos, entregándose a los azotes que estaba permitido a FitzRoy asestar como castigo por poner en riesgo la vida de los otros, sabiendo que si no habían perdido la vida aún, la perderían en la próxima tormenta, o la siguiente epidemia o un posterior ataque o una infección. Y hoy se había convertido en un espectro, ese mismo hombre, menos decepcionado por lo que vio y enfrentó en el Beagle que por aquello a lo que estuvo expuesto en Australia, como gobernador.

—Yo también siento mucho la muerte de su esposa Mary, capitán.

Esa vez, le había llamado por su título.

Después le llegaron noticias de que FitzRoy estuvo presente durante el juicio contra él sostenido por el obispo

Wilberforce o Sammy, el jabonoso. Y FitzRoy había sonreído no cuando oyó la pregunta de Willberforce de si Huxley descendía de un mono por parte de su abuelo o de su abuela, sino cuando el joven de barba negra e hirsuta, enfrentándose al obispo con su traje luido y arrugado, respondió:

—Si me preguntan si prefiero tener a un mono por abuelo a emplear mis dotes e influencia con el único propósito de ridiculizar a un ser humano, respondería sin dudar que escojo lo primero, señor obispo.

Trabaje para sus admiradores, Darwin, le aconsejó Murray, su editor. Venderemos la edición completa, apenas la tengamos lista.

Pero a él no le interesaba revisar y corregir *El origen* para recortarlo y hacerlo más legible, como sugería Murray. Quería hacer ajustes acerca del tiempo; ese lapso del que carecemos de medios para determinar cuánto es necesario a fin de modificar una especie. Y quería hacerlo para acallar a Thomson que seguía haciendo cuentas del tiempo transcurrido desde la formación de la Tierra para afirmar que el concepto de evolución por selección natural que por fuerza debía ser lento, lentísimo, no permitía aquello de la descendencia con modificación. Y para mostrar a Jenkin, no sabía cómo, que el cruce de individuos no transmitía las variaciones "diluidas a la mitad", como él sostenía, sino que algunos padres de cuello largo cruzados con madres de cuello corto podían producir hijos de cuello largo o corto, y no hijos de cuello mediano, aunque no supiera por qué. Y más todavía: para demostrar que Wallace —sí, Wallace, el del manuscrito de Indonesia, a quien él ¿traicionó? o quizá no, no traicionó, pero por culpa de quien se vio orillado a escribir a marchas forzadas, resumiéndolo todo, el libro con que se inició el caos en que estaba inmerso— era un apóstata y había perdido no sólo sus escritos y su material, sino el juicio mental con tanto viaje. Hoy Wallace decía que la selección natural no podía explicar la aparición del cerebro humano. Y se dedicaba al espiritismo y había oído a su difunto hermano, Herbert, y a varios muertos en naufragio, mandarle mensajes optimistas desde el más allá. Y hablaba de que estos informes abrían un nuevo horizonte a la antropología. Y volvía a lo de la inteligencia superior, él, que tenía ya tan perdida su pobre inteligencia.

Tomó la plumilla, se dispuso a escribir. Una golondrina no hace verano, pensó. Aunque viéndolo bien se trataba de muchas. Pero no harían verano. No Su verano. Y no en Inglaterra, donde siempre hay niebla.

"Dado el alto nivel de especialización y la capacidad destructiva de la delincuencia informática, el Parlamento Europeo propuso la creación de unidades de policía con un alto grado de especialización en cuestiones de telecomunicaciones e ingeniería encargadas de perseguir a los productores de material delictivo.

"En años recientes, la Interpol se dedicó al intercambio de mil seiscientos mensajes a escala internacional a fin de buscar a los prófugos de Internet. Los resultados en la detección de estos crímenes han sido cada vez más numerosos, dada la cooperación policiaca internacional y el avance en tecnologías para identificar la anonimización, la codificación y la eliminación de rastros. El avance ha sido particularmente notable para dar con las redes de los crímenes más comunes, como los ataques terroristas, las estafas y la *sextorsión*".

Las noticias que mi *webmaster* leía en Internet eran alarmantes. Y aunque yo no tenía interés en conocerlas, para mi infortunio, desarrolló la costumbre de ponerme al día. Mi espíritu introvertido, semejante al de mi Padre verdadero (Darwin), se rebelaba contra su afán comunicativo pues me quitaba horas preciosas destinadas a corregir y perfeccionar mi estudio. Al principio, me resistí como pude. Apliqué la ley del hielo. Fingí malestares físicos. Me encerré a trabajar en la habitación contigua. Pero mis esfuerzos estaban de más. Aunque yo insistiera en que su tarea debía limitarse a arreglar los desperfectos técnicos, nada lo detenía:

"En 2008, un hacker de Nueva Zelanda, Owen Thor Walker (AKILL), dirigió un ataque terrorista contra el sistema de cómputo de la Universidad de Pennsylvania, en compañía de otros hackers. La INTERPOL pudo dar con él gracias a la información contenida en sus ficheros analíticos.

"En Hospitalet de Llobregat, Barcelona, una persona se hacía pasar por dueño de dos agencias de modelos para conseguir fotografías de mujeres desnudas a través de Internet. La denuncia de una de las víctimas, menor de edad, se hizo al *webmaster* de la guardia civil. El detenido hacía *castings on line* para incluirlos en el libro de la agencia. Les pedía a las modelos que posaran desnudas y como tenía las imágenes las obligaba a realizar actos obscenos bajo amenaza de difundir las imágenes a sus familiares y conocidos".

—Pero Internet ha ocasionado desastres aún mayores, maestro —me dijo—. En Melbourne, Allem Halkic, de diecisiete años, se suicidó en 2009 después de ser acosado a través de un sitio de Internet. ¿Y recuerda a Amanda Todd? ¿Esa estudiante de quince años de Port Coquitlam, al oeste de Canadá, que se quitó la vida en octubre de 2012? De todos los casos de acoso cibernético es la más conmovedora. Esa noticia le dio la vuelta al mundo.

Por un momento pensé que había cometido un error de apreciación. En realidad, me estaba dando ideas para reunir nuevos especímenes y colgarlos en nuestro sitio. Así que contra mi propósito inicial, ese día lo dejé seguir:

—Amanda —dijo—, y fíjese usted en el nombre, maestro, "la que debe ser amada", nada menos, mostró los pechos incipientes a un usuario que contactó a través de un chat. Eran unos pechitos de macaca, sin chiste. Luego, el usuario anónimo le pidió que hiciera frente a él o frente a la pantalla, más bien, un pequeño acto de nudismo. La chica tenía doce años. ¡Doce años! Así que con la mayor inocencia, se quitó la ropa.

—Te recuerdo que los primates inician los escarceos sexuales a meses de nacidos y que son las hembras quienes seducen primero, coqueteando y mostrándose sumisas, así que lo de inocencia, me lo reservo —dije.

—El caso es que el usuario sin nombre (así como usted, maestro), esperó unos cuantos meses, colgó la fotografía de la chica en Facebook y sus compañeros de la escuela se enteraron. Amanda cayó en una depresión profunda. Vivía un infierno inimaginable, perseguida por ataques de pánico. Finalmente, un día, la chica se puso frente a la computadora y se grabó pasando cartulinas en las que había escrito un mensaje que explicaba lo que había sufrido, lo colgó en YouTube y se suicidó.

—Un caso muy interesante el de estos jóvenes —comenté, complacido de que esta vez mi ayudante no se limitara a sus funciones técnicas— agradezco tu aportación. Podríamos considerarlos el espécimen dos mil trescientos cuarenta y dos. Salvo que ¿cómo los registramos o les pedimos su anuencia, si se trata de suicidas?

—Yo no lo decía para que los colgara en el sitio, maestro —aclaró.

—¿Y entonces?

—Nada más para informarlo del poder que está del otro lado de la pantalla.

—Qué quieres decir.

Lo que quería decir (y agradezco su lealtad y su buena intención, donde quiera que esté, pese a todo) era que ahora me perseguían a mí. Azuzados por ti. Por tu afán de "autovictimación". Algo que no hacen los animales, desde luego. No se tiran al piso para que otro espécimen los recoja, por lástima. Para "reafirmarse". Reafirmarse. ¿Qué palabra es esa? Un vocablo que sólo se usa para referirse a la especie homínida. Los humanos no sólo inventaron el lenguaje, sino una cantidad de términos que sólo a ellos atañen. Una mosca no necesita autoafirmarse. Está segura de sí. Se posa en todos lados, confiada en lo que hace. No deja de alimentarse por propia voluntad. Se nutre de lo que sea, de excrementos incluso. Prueba de todo un poco. Las dos o tres semanas que vive las disfruta a placer. Protege ese poco de vida. Sus ojos compuestos la hacen estar alerta. Cuidándose de quienes la persiguen, que son todos. Muy lista, muy despierta. A la defensiva y sacando el mayor provecho de su existencia. De modo que cuando alguien dice, queriendo insultar a otro, "tienes cerebro de mosca" lo que hace es halagarlo sin darse cuenta. En cambio, el que recibe el halago se ofende. Ignora todo sobre las moscas. Se dedica a perseguirlas encarnizadamente. Y no sólo a la moscas. Persigue a toda criatura del mundo animal, sea de la especie que sea. Por motivos pueriles. Da caza al tigre siberiano para usarlo como trofeo. O para vender su piel. Lo mismo que a la nutria gigante, al cocodrilo, a las zarigüeyas, castores, zorros y mapaches, a los gatos monteses ni se diga, todo por la misma razón. Al imponente ocelote, al zorro, a las chinchillas y visones a quienes les destroza las piernas que ellos mismos se amputan con tal de escapar, y todo eso ¿para qué? Para mostrar sus modelitos hechos a la medida. A la medida de su ignorancia, nada más. Y no se conforma con acabarlos, ¡ojalá! Aún le queda energía para destinar sus días a perseguir focas y ballenas, leones de mar, salmones, pulpos y calamares, tortugas marinas y peces de todo tipo, no deja especie acuática viva, extermina familias completas, como el lobo marsupial desaparecido desde 1980. Y a las que sobreviven, las inutiliza y destina a un final atroz, a una agonía infinita, por derramas de petróleo, como ha hecho con los pelícanos; por contaminantes radioactivos, por humo y azufre, algo que él mismo denomina "muerte gris" o por el simple y vulgar anhelo de presumir ante los demás, como hace con las guacamayas y los pericos, lo mismo que hacen los maridos con sus mujeres, especialmente si son políticos y empresarios, o para encerrarlos a fin de poderlos contemplar, cosa que también hacen con ellas. Los guardan en zoológicos o en sus casas de campo compradas con dinero mal habido, como al rinoceronte africano, el oso panda, el gorila de montaña y el águila imperial, por no hablar del tigre de Bengala, el tigre de Tasmania, el elefante africano… ¿debo seguir? No hay quien sobreviva. Porque además el homínido usa a los animales para sus experimentos: ratones y ratas, hamsters, cobayas y conejos. Y que no levante su mirada porque no queda plumífero vivo, canarios y calandrias, gorriones, cenzontles, cormoranes, ocas, ¿de qué les sirven las alas si de todos modos los van a desplumar? Y peor les va a las mariposas, las clavan en la piqueta. Díganme ustedes ahora ¿en qué especie quieren reencarnar?

Yo he reencarnado en todas.

Pero antes de que emitan su dictamen final, quisiera hacer una última consideración. Quisiera aclarar que las razones por las que dicen capturar a las demás especies son falsas. Ni es por sus pieles, ni para alimentarse ni para coleccionarlos ni para hacer pruebas médicas. O no solamente. Tampoco es para traficar con ellas o para exhibirlas. En el fondo, es porque se sienten superiores. Creen que todo lo que los rodea existe para su consumo y que quienes habitan el planeta viven o deben vivir para servirlos. Aunque sea por el breve tiempo en que usan su estola de piel: para ese momento merece la pena sacrificar la vida de otro ser vivo. Eso sí: contrarrestan el malestar a través de ciertos actos que les hacen creer que son buenos. Creen poder redimirse. Hay un fanatismo en quienes escriben en mi sitio que los hace sentirse bien consigo mismos. Bastaría con que se vieran desde el punto de vista de los animales para darse cuenta de cuán raros son, cuán ridículos. Los animales atacan, embisten, depredan, calculan, pero nunca manipulan. Y no hacen lo que hacen para sentirse bondadosos.

Ese mismo día, por la tarde, intenté entrar al Museo, pero el *webmaster* me detuvo; me advirtió que ya era objeto de una larga persecución. ¿Cómo lo sabes?, debí preguntarle, pero no lo hice. En cambio, insistí en colgar la ficha técnica del siguiente ejemplar. Tan tan, toqué y en lugar de hallarme a solas con mis especímenes me encontré con la muerte, no la mía, sino la de mi proyecto. Otra vez el sitio caído, negro sobre negro. Estas interrupciones estaban empezando a sacarme de quicio. Luego de que el *webmaster* lo reinstalara, me ubiqué ante mi junta de notables, mis dos mil trescientos cuarenta y un homínidos en plena involución, sólo para toparme con los comentarios de ustedes como almas de la caridad, echándolo todo a perder: Querida Ana: hemos visto tus progresos, son fantásticos. No cejes en tu empeño, come aunque sea poco, sabemos que es difícil, bla bla bla. Querida Ana: te queremos mucho, no estás sola. Querida Ana: eres un ejemplo de valor y de fuerza de voluntad.

¡Qué ejemplo ni qué nada! Pura disociación mental. Y mientras esto ocurre, en otras partes del mundo los niños se mueren de hambre y la única fuerza de voluntad que requieren es para cargar cubetas de agua y llevárselas a su padre holgazán o a su madre infestada de parásitos y desnutrida.

Querida Ana: te rescataremos. Hemos dado con el responsable del sitio y no permitiremos que tú des un paso atrás. No crecerá el número de criaturas monstruosas exhibidas sin el menor recato en este infame sitio.

De modo que me habían encontrado. El *webmaster* (en quien siempre tuve una confianza ciega de la que no me arrepiento) me lo confirmó. Se había hecho un escándalo que trascendió al propio blog, llamando la atención sobre lo "perverso" de exponer así al individuo. Alguien en las altas esferas autorizó a uno o varios piratas informáticos el uso de virus troyanos para acceder al sitio. Justificaron el acceso remoto al sistema diciendo que se trataba de un *cibercrimen*. A través de un grupo de programas registraron los golpes de teclado de mi computadora intervenida. Simple *hacking* contra mis derechos elementales. El *webmaster* sugirió borrar lo que según él me comprometía. Me negué. Había que salvar el proyecto completo. ¿Y si vienen por usted? preguntó, no te preocupes, dije, me arrancaré las piernas yo mismo. Se encogió de hombros. Mi deber es que funcionen los sitios de mis empleadores, dijo. ¿Su deber? Los anunciantes pagaban conforme al número de visitas. Y el acuerdo era que él cobrara tres cuartas partes de lo obtenido.

—Me tomará unos cuantos días, tal vez tres o cuatro, reinstalarlo, maestro —dijo.

Como pude, logré soportar la intromisión y trabajé apostado en la única otra recámara del departamento desde donde operábamos el sitio haciendo ajustes a mi estudio, como hizo Darwin con el suyo.

Pasé varias horas meditando en la forma idónea de explicar los pasos de la transmutación hacia atrás. El origen de la involución. Ideando cómo rebatir los absurdos argumentos de quienes cuestionaban mi actuación, estrictamente científica. Que quién era yo para impedir que colgaras tu nueva fotografía. Tu "nueva yo", como la llamaban, alguien que muy pronto cambiaría su nombre. Que te alejarían de mí, un pervertido, un "hacedor de engendros". No me ufano de haberlos engendrado, comenté al *webmaster*, al César lo que es del César, yo nada más los reuní y clasifiqué. Hice sus fichas técnicas. Los guardé como muestra del caso menos estudiado por el padre del naturalismo.

Como el *webmaster* me advirtió que en esta ocasión arreglar el desperfecto le tomaría más tiempo, lo dejé trabajar a solas, recluido en mi habitación de anacoreta. No obstante, al segundo día, contra mi costumbre, me acerqué sin hacer ruido. Al percatarse de que estaba a su lado, observándolo, se puso de pie como para tapar la computadora con el cuerpo, al tiempo que presionaba una tecla para cambiar de pantalla.

—¿Qué hacías? —pregunté, posando mi mano en su hombro, como cualquier homínido. Yo era aún el amo que acaricia el pelaje hirsuto y callejero de quien había compartido un noble proyecto a cambio de lo que creí buena voluntad, además de las tres cuartas partes de lo que ganábamos con los anuncios del sitio.

Con los ojos fijos en la pantalla, respondió con una seguridad fingida:

—Es inútil continuar con esto. Instalaron un programa a distancia para conseguir la dirección, los puertos utilizados, el navegador, las contraseñas y el número y serie del sistema operativo.

Me acerqué y lo obligué a darse vuelta. Presioné una tecla y miré la pantalla, sin dar crédito a lo que veía.

—¡De modo que la "nueva Ana" es un invento tuyo! —grité, sin poder contenerme—. ¡Eres tú quien ha estado colgando las fotografías!

En vez de mostrar vergüenza, se envalentonó.

—Era la única forma de aumentar las visitas.

—¿De qué me estás hablando? ¡Este es un proyecto científico!

—Con todo respeto, maestro. Eso explíqueselo a la policía. Yo soy programador: no tengo nada que ver con el contenido. Y, mire, para evitarnos mayores problemas, aquí lo dejamos. Renuncio.

No tenía por qué haberme indignado. Lo acepto. Reconozco también que no debió sorprenderme su reacción y, para ser francos, tampoco la mía. Él hizo lo que creyó que debía haber hecho; yo también. Esta es otra de las características del homínido. Clava la daga por la espalda mientras sonríe. Cosa que los animales no hacen, porque entre otras razones, no sonríen.

No sé qué final tendré; nadie podría decirlo. A varios de los capturados por crímenes vía Internet los ha contratado la propia CIA. No espero correr con esa suerte porque hasta en eso se distingue quien no nació en el primer mundo. Tampoco la deseo. Siempre tuve claro cuál era mi interés; huelga decir que sigue siendo el mismo. Lo único que lamento es haber tenido que suspender mi estudio. Hoy, en mi celda, veo con displicencia el rumbo que tomaron mis investigaciones. No puedo quejarme; el saldo me favorece. Y dadas las características del *sapiens*, era previsible. Como experimentó el Padre del naturalismo en sus últimos años (años sembrados de decepción y oprobio), los caminos de la ciencia son ignotos. Aunque no creo en el concepto de alma y menos en la caridad del homínido sé, por propia experiencia, que la necesidad que tiene de sentirse bien consigo contradice a la estadística científica: siempre hay almas caritativas. Una de ellas me trajo el periódico donde apareció la noticia de mi captura. En ella se habla de un hombre muerto a manos de un sicópata, especialista en el cibercrimen. Las autoridades decidieron conservar las muestras como prueba de mi culpabilidad. Museo del Horror, lo llaman. Lo guardan junto con veintinueve cadáveres de mujeres vestidas que reunió Anatoly Moskvin, con una amplia muestra de humanos plastinados de Gunther Von Hagens y con los documentos expuestos por Julian Assange. Las últimas líneas mencionan que una galería de arte de Dubai ha ofrecido una cuantiosa suma por lo que llaman "estas colecciones". Consideran que se trata de los ejemplos más representativos del arte performativo de nuestros días.

Índice

Alfaguara es un sello editorial del Grupo Santillana

www.alfaguara.com.mx

Argentina
www.alfaguara.com/ar
Av. Leandro N. Alem, 720
C 1001 AAP Buenos Aires
Tel. (54 11) 41 19 50 00
Fax (54 11) 41 19 50 21

Bolivia
www.alfaguara.com/bo
Calacoto, calle 13 nº 8078
La Paz
Tel. (591 2) 279 22 78
Fax (591 2) 277 10 56

Chile
www.alfaguara.com/cl
Dr. Aníbal Ariztía, 1444
Providencia
Santiago de Chile
Tel. (56 2) 384 30 00
Fax (56 2) 384 30 60

Colombia
www.alfaguara.com/co
Calle 80, nº 9 - 69
Bogotá
Tel. y fax (57 1) 639 60 00

Costa Rica
www.alfaguara.com/cas
La Uruca
Del Edificio de Aviación Civil 200 metros Oeste
San José de Costa Rica
Tel. (506) 22 20 42 42 y 25 20 05 05
Fax (506) 22 20 13 20

Ecuador
www.alfaguara.com/ec
Avda. Eloy Alfaro, N 33-347 y Avda. 6 de Diciembre
Quito
Tel. (593 2) 244 66 56
Fax (593 2) 244 87 91

El Salvador
www.alfaguara.com/can
Siemens, 51
Zona Industrial Santa Elena
Antiguo Cuscatlán - La Libertad
Tel. (503) 2 505 89 y 2 289 89 20
Fax (503) 2 278 60 66

España
www.alfaguara.com/es
Torrelaguna, 60
28043 Madrid
Tel. (34 91) 744 90 60
Fax (34 91) 744 92 24

Estados Unidos
www.alfaguara.com/us
2023 N.W. 84th Avenue
Miami, FL 33122
Tel. (1 305) 591 95 22 y 591 22 32
Fax (1 305) 591 91 45

Guatemala
www.alfaguara.com/can
7ª Avda. 11-11
Zona nº 9
Guatemala CA
Tel. (502) 24 29 43 00
Fax (502) 24 29 43 03

Honduras
www.alfaguara.com/can
Colonia Tepeyac Contigua a Banco Cuscatlán
Frente Iglesia Adventista del Séptimo Día, Casa 1626
Boulevard Juan Pablo Segundo
Tegucigalpa, M. D. C.
Tel. (504) 239 98 84

México
www.alfaguara.com/mx
Av. Río Mixcoac 274,
Colonia Acacias
03240, México, D.F.
Tel. (52 5) 554 20 75 30
Fax (52 5) 556 01 10 67

Panamá
www.alfaguara.com/cas
Vía Transísmica, Urb. Industrial Orillac,
Calle segunda, local 9
Ciudad de Panamá
Tel. (507) 261 29 95

Paraguay
www.alfaguara.com/py
Avda. Venezuela, 276,
entre Mariscal López y España
Asunción
Tel./fax (595 21) 213 294 y 214 983

Perú
www.alfaguara.com/pe
Avda. Primavera 2160
Santiago de Surco
Lima 33
Tel. (51 1) 313 40 00
Fax (51 1) 313 40 01

Puerto Rico
www.alfaguara.com/mx
Avda. Roosevelt, 1506
Guaynabo 00968
Tel. (1 787) 781 98 00
Fax (1 787) 783 12 62

República Dominicana
www.alfaguara.com/do
Juan Sánchez Ramírez, 9
Gazcue
Santo Domingo R.D.
Tel. (1809) 682 13 82
Fax (1809) 689 10 22

Uruguay
www.alfaguara.com/uy
Juan Manuel Blanes 1132
11200 Montevideo
Tel. (598 2) 410 73 42
Fax (598 2) 410 86 83

Venezuela
www.alfaguara.com/ve
Avda. Rómulo Gallegos
Edificio Zulia, 1º
Boleita Norte
Caracas
Tel. (58 212) 235 30 33
Fax (58 212) 239 10 51

Esta obra se terminó de imprimir en septiembre de 2013
en los talleres de Edamsa Impresiones S.A. de C.V.
Av. Hidalgo No. 111, Col. Fracc. San Nicolás Tolentino,
Del. Iztapalapa, C.P. 09850, México, D.F.